U0165760

300句說華語

Fácil de aprender chino

西班牙語版

你好

楊琇惠——編著
Autora: Cristina Yang

吳琇靈——譯
Traductora: Andrea Wu

五南圖書出版公司 印行

前　言

　　感謝台北科技大學教學卓越計畫的支持，使得本編輯團隊得以再次與五南圖書公司合作，持續為華語教學教材略盡綿薄心力。

　　在編撰了三本分別為不同程度的學習者所設計的華語教材之後，筆者深深感覺到，要學好華語實非一蹴可幾的事，非得花個三五年的工夫，才能達到聽、說、讀、寫樣樣精通。然而這對繁忙的商務人士，或是短期到華語地區旅行的觀光客而言，實非易事。有鑑於此，本編輯團隊逐萌生編撰一本類似辭典般的簡明華語入門書，來服務想藉由華語來與華人拉近距離的外籍人士；於是此書便誕生了。

　　本書的優點在於，華語初學者在尚未接觸正規的華語教學之前，便能依著此書的分類，找到合於己意的文句來完成簡易的溝通，以解決日常生活上的不便。為了增加使用上的便利性，本書在編排上，特地將西班牙文置於中文之前，好讓西語系的華語學習者可以快速搜尋所需的辭句；而在內容上，則是以主題來做分類，然後各篇章再依事件的發生順序來做安排，再輔以小標題來做段落的區隔，全書井然有序，易讀、易懂又好用。

　　此外，值得一提的是，本書還附加了三篇單字表（名詞、動詞、形容詞），單字表的功能類似字典，凡是初學者在日常生活中可能使用到的單字，都已被收錄進來了，因此讀者若只是想找尋某個單字時，則可善用單字表。

　　由於本書的設計主要是在於服務洽商或短期旅行的觀光客，因此在內容的取捨難免略有偏廢，未能盡善盡美，所以還請華語界的前輩們不吝指正。

楊琇惠
於北科大通識中心

Prefacio

Agradezco el apoyo brindado por la Universidad Tecnológica de Taipei y su Plan de Educación Sobresaliente, el cual hizo posible trabajar una vez más con la empresa editora Wu Nan, y promover conjuntamente los materiales didácticos del idioma chino.

Después de haber publicado tres libros con diferentes niveles de dificultad del idioma chino, me he dado cuenta de que aprender chino no es un trabajo breve.

Esto nos dio, por consiguiente la idea de ofrecer un libro para principiantes, práctico y estilo diccionario, concebido y destinado a los extranjeros que quieren acortar la distancia con los sinohablantes, mediante la práctica del idioma.

La ventaja de este libro está en que el lector, antes de empezar el aprendizaje del idioma, ya puede, mediante la organización del libro, encontrar frases útiles para su uso, y de este modo, facilitar su vida cotidiana.

Para hacer sencillos el uso y la búsqueda de expresiones, se ha puesto el español antes que el chino. En cuanto al contenido, se han dividido los capítulos por temas. Los temas están presentados de acuerdo con el orden de los acontecimientos. Todo esto para que el texto resulte claro, comprensible y ordenado.

Además, vale la pena mencionar que el libro tiene tres listas de vocabulario anexados (sustantivos, verbos y adjetivos).

La función de las listas es similar a la del diccionario. El vocabulario necesario para la vida cotidiana de un principiante está citado de manera completa. Por tanto, si el lector pretende encontrar alguna palabra, puede localizarla en las listas.

Este libro está destinado a los viajeros de negocios y a los turistas, por eso quizás en la selección de los contenidos, se adviertan algunas limitaciones. Espero vuestra comprensión.

Cristina Yang

Universidad Tecnologica de Taipei

C O N T E N T S

目錄

前言

Unidad 1

您 好 嗎？
Nín hǎo ma?
¿Cómo está?

問 候
Wènhòu
Saludos

早 安！您（你）好 嗎？
Zǎoān! Nín (nǐ) hǎo ma?
¡Buenos días! ¿Cómo está usted?/¿Cómo estás?

Buenos días	Buenas tardes	Buenas noches
早 啊 zǎo a	午 安 wǔān	晚 安 wǎnān

您nín: usted, forma cortés para dirigirse a otra persona.

我 很 好，謝 謝 您。您 呢？
Wǒ hěn hǎo, Xièxie nín. Nín ne?
Estoy bien, Gracias (a usted). ¿Y usted?

feliz	excitado/emocionado	alegre
高興 gāoxìng	興奮 xīngfèn	愉快 yúkuài

你 最 近 好 嗎？
Nǐ zuìjìn hǎo ma?
¿Cómo estás últimamente?

我 最 近 不 太 好。
Wǒ zuìjìn bú tài hǎo.
No estoy muy bien útimamente.

confortable	contento	feliz
舒服 shūfú	開心 kāixīn	快樂 kuàilè

我 最 近 很 生 氣。
Wǒ zuìjìn hěn shēngqì.
Ando muy enojado últimamente.

deprimido	triste	con el corazón herido
沮喪 jǔsàng	難過 nánguò	傷心 shāngxīn

你 的 假期 好 嗎？
Nǐ de jiàqí hǎo ma?
¿Qué tal tus vacaciones?

familia	trabajo	marido	esposa
家人 jiārén	工作 gōngzuò	先生 xiānshēng	妻子 qīzi

非 常 好。
Fēicháng hǎo.
Bastante bien.

姓 名
Xìngmíng
Nombre

請 問 你 貴 姓？
Qǐngwèn nǐ guìxìng?
Perdona. ¿Cuál es tu apellido?

usted	él	ella
您 nín	他 tā	她 tā

我 姓 王。
Wǒ xìng Wáng.
Mi apellido es Wang.

Chen	Lin	Li	Yang
陳 Chén	林 Lín	李 Lǐ	楊 Yáng

請 問 你 叫 什 麼 名 字？
Qǐngwèn nǐ jiào shénme míngzi?
Perdona. ¿Cómo te llamas ?

él	ella	este alumno	ese señor
他 tā	她 tā	這 位 學 生 zhè wèi xuéshēng	那 位 先 生 nà wèi xiānshēng

003

請 問 你的 名字是 什麼？

Qǐngwèn nǐ de míngzi shì shénme?

Perdona. ¿Cuál es tu nombre?

su(él)	su(ella)	de este alumno	de ese señor
他 的 tā de	她 的 tā de	這 位 學 生 的 zhè wèi xuéshēng de	那 位 先 生 的 nà wèi xiānshēng de

我 的 名 字是 馬克。

Wǒ de míngzi shì Mǎkè.

Mi nombre es Marcos.

su(él)	su(ella)	de este alumno	de ese señor
他的 tā de	她的 tā de	這 位 學 生 的 zhè wèi xuéshēng de	那 位 先 生 的 nà wèi xiānshēng de

很 榮 幸 見 到 您，我 是 雅婷。

Hěn róngxìng jiàn dào nín, wǒ shì Yǎtíng.

Un gusto en conocerle. Soy Yǎ tíng.

道別
Dàobié
Despedidas

我 真 的 該 走了。

Wǒ zhēnde gāi zǒu le.

Ya tengo que irme.

很 高 興 認 識 你。

Hěn gāoxìng rènshì nǐ.

Encantado en conocerte.

我 也 很 高 興 認 識 你。
Wǒ yě hěn gāoxìng rènshì nǐ.
El placer es mío. (También encantado en conocerte)

再 見！
Zàijiàn!
Adiós!

adiós	hablamos luego	hasta el lunes	hasta la tarde
掰 掰 bāibāi	以後 再 聊 yǐhòu zài liáo	星 期 一 見 xīngqíyī jiàn	下 午 見 xiàwǔ jiàn

常 用 禮貌 用語 表
cháng yòng lǐmào yòngyǔ biǎo
Expresiones de cortesía de uso frecuente

por favor	perdone¿ ?	gracias	lo siento
請 qǐng	請 問 qǐngwèn	謝 謝 xièxie	對 不 起 duìbùqǐ

人 稱 表
● rénchēng biǎo
Lista de pronombres

yo	tú	usted	él	ella
我 wǒ	你 nǐ	您 nín	他 tā	她 tā

mi	tu	su(ud)	su(él)	su(ella)
我 的 wǒ de	你 的 nǐ de	您 的 nín de	他 的 tā de	她 的 tā de

nosotros	vosotros	ellos
我 們 wǒmen	你 們 nǐmen	他 們 tāmen

nuestro	vuestro	su(ellos)
我 們 的 wǒmen de	你 們 的 nǐmen de	他 們 的 tāmen de

多少 錢？
Duōshǎo qián?
¿Cuánto cuesta?

價 錢
Jiàqián
Precios

請 問 這個 多 少 錢？
Qǐngwèn zhège duōshǎo qián?
Perdone. ¿Cuánto cuesta esto?

eso	chaqueta	zapato	pantalones
那個 nàge	夾克 jiákè	鞋子 xiézi	褲子 kùzi

vestido	camisa	remera	falda
洋 裝 yángzhuāng	襯 衫 chènshān	T恤 tīxù	裙子 qúnzi

請 問 這 個 蘋 果 怎 麼 賣 ?/ 這 個 蘋 果
Qǐngwèn zhège píngguǒ zěnme mài? /Zhège píngguǒ
多 少 錢 ?
duōshǎo qián?
Perdone. ¿Cómo se vende esta manzana?/ ¿Cuánto cuesta esta manzana?

guayaba	uva	fresa	plátano
芭樂 bālè	葡萄 pútáo	草莓 cǎoméi	香蕉 xiāngjiāo

cereza	limón	kiwi	sandía
櫻桃 yīngtáo	檸檬 níngméng	奇異果 qíyìguǒ	西瓜 xīguā

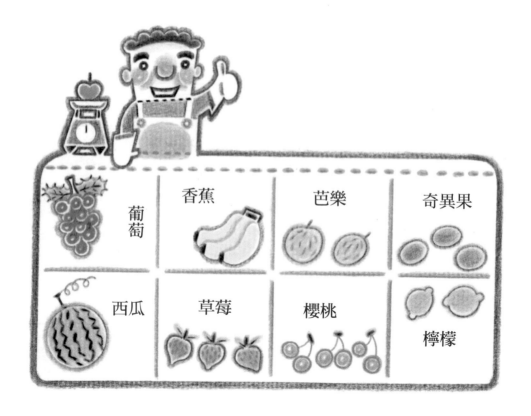

008

請 問 一 杯 <u>紅 茶</u> 多 少 錢？

Qǐngwèn yì bēi hóngchá duōshǎo qián?

Perdone. ¿Cuánto cuesta un vaso de té negro?

café	té verde	gaseosa	coca cola
咖啡 kāfēi	綠茶 lǜchá	汽水 qìshuǐ	可樂 kělè

請 問 一 個 <u>三 明 治</u> 多 少 錢？

Qǐngwèn yí ge sānmíngzhì duōshǎo qián?

Perdone. ¿Cuánto cuesta un <u>sandwich</u>?

hamburguesa	pancho	pan	bollos al vapor con relleno
漢 堡 hànbǎo	熱 狗 règǒu	麵 包 miànbāo	包 子 bāozi

數字
● Shùzì
Números

這 個 <u>五 十</u> 元。

Zhège wǔshí yuán.

Este cuesta 50 dólares taiwaneses.

uno	dos	tres	cuatro
一 yī	二 èr	三 sān	四 sì

cinco	seis	siete	ocho
五 wǔ	六 liù	七 qī	八 bā

nueve	diez	once	doce
九 jiǔ	十 shí	十一 shíyī	十二 shíèr

trece	catorce	veinte	treinta
十三 shísān	十四 shísì	二十 èrshí	三十 sānshí

cien	doscientos	trescientos	mil
一百 yìbǎi	兩百 liǎngbǎi	三百 sānbǎi	一千 yìqiān

dos mil	tres mil	diez mil	veinte mil
兩千 liǎngqiān	三千 sānqiān	一萬 yíwàn	兩萬 liǎngwàn

找 你 三 十 元。

Zhǎo nǐ sānshí yuán.

Te doy de vuelto 30 dólares taiwanés.

殺價
Shājià
Regateo

喔，太 貴 了。

O, tài guì le.

Oh, demasiado caro.

barato	valer la pena	bueno	maravilloso
便宜 piányí	划算 huásuàn	好 hǎo	棒 bàng

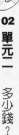

請 問 這個 有 特價 嗎？

Qǐngwèn zhège yǒu tèjià ma?

Perdone. ¿Este está en promoción?

descuento	ofrecer un descuento	ofertas especiales
折 扣 zhékòu	打折 dǎzhé	特別 優惠 tèbié yōuhuì

可以 算 我 五折 嗎？

Kěyǐ suàn wǒ wǔ zhé ma?

¿Me puedes dar 50% de descuento?

10% de descuento	20% de descuento	50% de descuento
九 折 jiǔ zhé	八 折 bā zhé	半價 bànjià

詢 問 店 員

Xúnwèn diànyuán

Preguntando al dependiente

這個 有 小 一點 的 嗎？

Zhège yǒu xiǎo yìdiǎn de ma?

¿Tiene este una talla menor?

mediano	un poco más grande	extra grande
中 號 zhōng hào	大一點 dà yìdiǎn	特大 號 tèdà hào

請 問 有 吸管 嗎？

Qǐngwèn yǒu xīguǎn ma?

Perdone. ¿Tienen pajita/popote?

bolsa de plástico	bolsa	palitos/palillos	cuchara
塑膠袋 sùjiāodài	袋子 dàizi	筷子 kuàizi	湯匙 tāngchí

付錢
● Fùqián
Pago

要付現金還是刷卡？
Yào fù xiànjīn háishì shuā kǎ?
¿Quiere pagar en efectivo o a tarjeta de crédito?

能開收據給我嗎？
Néng kāi shōujù gěi wǒ ma?
¿Puede facilitarme el recibo?

這是您的收據。
Zhè shì nín de shōujù.
Este es su recibo.

nota	factura	tarjeta de crédito
帳單 zhàngdān	發票 fāpiào	信用卡 xìnyòngkǎ

自我 介紹

Zìwǒ jièshào

Autopresentación

名字
Míngzi
Nombres

請 問 您 叫 什麼 名字？
Qǐngwèn nín jiào shénme míngzi?
Perdone. ¿Cómo se llama usted?

您 好！我 是 馬克。
Nín hǎo! wǒ shì Mǎkè.
¡Hola! Soy Marcos.

請 問 您 貴 姓？
Qǐngwèn nín guìxìng?
Perdone. ¿Cúal es su apellido?

我 姓 王。
Wǒ xìng Wáng.
Mi apellido es Wang.

年齡
● Niánlíng
Edad

您 今 年 幾歲？
Nín jīnnián jǐ suì?
¿Cuántos años tienes?

我 今 年 十八歲。
Wǒ jīnnián shíbā suì.
Tengo 18 años.

cinco	veinte	treinta y cuatro	cincuenta
五 wǔ	二十 èrshí	三十四 sānshísì	五十 wǔshí

職業
● Zhíyè
Profesiones

請 問 您 的 工 作 是 什麼？
Qǐngwèn nín de gōngzuò shì shénme?
Perdone. ¿A qué se dedica usted?

我 現 在 是 學 生。
Wǒ xiànzài shì xuéshēng.
Soy estudiante ahora.

profesor	soldado profesional	empleado	diseñador
老師 lǎoshī	職業軍人 zhíyèjūnrén	上班族 shàngbānzú	設計師 shèjìshī

enfermero	pintor	músico	asistente
護士 hùshì	畫家 huàjiā	音樂家 yīnyuèjiā	助理 zhùlǐ

cajero	secretario	dependiente	ama de casa
收銀員 shōuyínyuán	祕書 mìshū	店員 diànyuán	家庭主婦 jiātíng zhǔfù

periodista	dentista	modelo	vendedor
記者 jìzhě	牙醫 yáyī	模特兒 mótèér	推銷員 tuīxiāoyuán

actor	actriz	presentador de noticia	locutor
男演員 nányǎnyuán	女演員 nǚyǎnyuán	新聞主播 xīnwén zhǔbò	廣播員 guǎngbōyuán

peluquero	chofer de autobús	detective	ingeniero
理髮師 lǐfǎshī	公車司機 gōngchē sījī	偵探 zhēntàn	工程師 gōngchéngshī

bombero	guardia	guía turística	juez
消防員 xiāofángyuán	警衛 jǐngwèi	導遊 dǎoyóu	法官 fǎguān

abogado	intérprete	productor	policía
律師 lùshī	口譯員 kǒuyìyuán	製作人 zhìzuòrén	員警 yuánjǐng

請 問 您 是 哪 國 人？
Qǐngwèn nín shì nǎ guó rén?
Perdone. ¿De qué país es usted?

 請 問 您 從 哪 裡 來？
Qǐngwèn nín cóng nǎlǐ lái?
Perdone. ¿De dónde es usted?

 我 是 臺灣 人。
Wǒ shì Táiwānrén.
Soy taiwanés.

estadounidense	coreano
美 國 人 Měiguórén	韓 國 人 Hánguórén
singapurense	francés
新 加 坡 人 Xīnjiāpōrén	法 國 人 Fǎguórén

inglés
英 國 人 Yīngguórén
hindú
印 度 人 Yìndùrén

alemán
德 國 人 Déguórén
canadiense
加 拿 大 人 Jiānádàrén

italiano	mexicano
義大利人 Yìdàlìrén	墨西哥人 Mòxīgērén
brasileño	filipino
巴西人 Bāxīrén	菲律賓人 Fēilǜbīnrén

tailandés
泰國人 Tàiguórén
español
西班牙人 Xībānyárén

japonés
日本人 Rìběnrén

請　問　您　住　在　哪裡？
Qǐngwèn nín zhù zài nǎlǐ?
Perdone. ¿Dónde vive usted?

我　住　在　臺北。
Wǒ zhù zài Táiběi.
Vivo en Taipei.

Kaohsiung	Nueva York	Tokyo	Londres
高雄 Gāoxióng	紐約 Niǔyuē	東京 Dōngjīng	倫敦 Lúndūn

個性
- Gèxìng
Personalidad

您 的 個性 如何？
Nín de gèxìng rúhé?
¿ Cómo es su personalidad?

我 是 一個外 向 的 人。
Wǒ shì yí ge wàixiàng de rén.
Soy una persona extrovertida.

vivaz/animado	de trato fácil	quieto	positiva
活潑的 huópō de	好 相 處的 hǎo xiāngchǔ de	安靜 的 ānjìng de	積極的 jījí de

請 問 您 主 修 什 麼？
Qǐngwèn nín zhǔxiū shénme?
Perdone. ¿Cuál es su carrera universitaria?

我 主 修機械 工 程。
Wǒ zhǔxiū jīxiè gōngchéng.
Mi carrera es ingeniería mecánica.

química	comercio	comercio internacional	medicina
化 學 huàxué	商 業 shāngyè	國際 貿易 guójì màoyì	醫藥 yīyào

家人
Jiārén
Familia

你 家 有 幾個人？

Nǐ jiā yǒu jǐ ge rén?

¿ Cuántos miembros hay en tu familia?

我 家 有 <u>四個人</u>。

Wǒ jiā yǒu <u>sì</u> ge rén.

Somos <u>4</u> en la familia.

dos	tres	cinco
兩　個 liǎng ge	三 個 sān ge	五 個 wǔ ge

我 的<u>爺爺</u>已經 退休了。

Wǒ de <u>yéye</u> yǐjīng tuìxiū le.

Mi <u>abuelo paterno</u> ya es jubilado.

abuelo materno	abuela paterna/materna
外 公 wàigōng	奶 奶 / 外 婆 nǎinai / wàipó

他喜歡 泡茶。
Tā xǐhuān pàochá.
A él le gusta preparar el té.

escalar montaña	pescar	hacer caminata	ver películas
爬山 páshān	釣魚 diàoyú	健行 jiànxíng	看電影 kàn diànyǐng

 我的爸爸是醫生。
Wǒ de bàba shì yīshēng.
Mi papá es doctor.

mamá	tía	tío
媽媽 māma	姑姑 / 阿姨 gūgu / āyí	叔叔 / 伯伯 shúshu / bóbo

我 的 媽媽 是 老師。
Wǒ de māma shì lǎoshī.
Mi mamá es profesora.

我 的哥哥已 經 畢業了。
Wǒ de gēge yǐjīng bìyè le.
Mi hermano mayor es graduado.

hermana mayor	hermana menor	hermano menor
姊姊 jiějie	妹 妹 mèimei	弟弟 dìdi

我 的姊姊 單 身。
Wǒ de jiějie dānshēn.
Mi hermana mayor es soltera.

casado	divorciado	soltero
結 婚 了 jiéhūn le	離婚 了 líhūn le	未 婚 wèihūn

我 的弟弟是 小 學 生。
Wǒ de dìdi shì xiǎoxuéshēng.
Mi hermano menor es estudiante primario.

estudiante universitario	estudiante del tercer ciclo	estudiante del bachillerato	estudiante de posgrado
大 學 生 dàxuéshēng	國 中 生 guózhōngshēng	高 中 生 gāozhōngshēng	研 究 生 yánjiùshēng

現 在 幾點 ?
Xiànzài jǐ diǎn?
¿Qué hora es?

問 時間
● Wèn shíjiān
Preguntar por la hora

請 問 現 在 幾點 ?
Qǐngwèn xiànzài jǐ diǎn?
Perdone. ¿Qué hora es ahora?

現 在 十 點 了 嗎 ?
Xiànzài shí diǎn le ma?
¿Ya son las 10?

la una	las dos	las tres y cinco	doce y media
一 點 yì diǎn	兩 點 liǎng diǎn	三 點 五 分 sān diǎn wǔ fēn	十二 點 三 十 分/ shíèr diǎn sānshí fēn/ 十二 點 半 shíèr diǎn bàn

現 在 是 上 午 九 點 嗎？
Xiànzài shì shàngwǔ jiǔ diǎn ma?
¿Son las nueve de la mañana ahora?

ocho de la mañana	tres de la tarde	siete de la noche	dos de la madrugada
早 上 zǎoshàng 八 點 bā diǎn	下 午 xiàwǔ 三 點 sān diǎn	晚 上 wǎnshàng 七 點 qī diǎn	凌 晨 língchén 兩 點 liǎng diǎn

請 問 你 幾 點 上 班？
Qǐngwèn nǐ jǐ diǎn shàngbān?
Perdona. ¿A qué hora vas tú al trabajo?

salir de trabajo	volver a casa
下 班 xiàbān	回家 huíjiā

ir a clase	salir de la clase
上 課 shàngkè	下 課 xiàkè

tener tiempo libre	levantarse
有 空 yǒukòng	起 床 qǐchuáng

dormir	comer
睡 覺 shuìjiào	吃 飯 chīfàn

這 會議幾點 開始？

Zhè huìyì jǐ diǎn kāishǐ?

¿A qué hora es la reunión?

película	programa	espectáculo
電 影 diànyǐng	節目 jiémù	表 演 biǎoyǎn

今 天 四 點 你 可 以 到 我 辦 公 室 來 嗎 ？
Jīntiān sì diǎn nǐ kěyǐ dào wǒ bàngōngshì lái ma?
¿Puedes venir a mi oficina a las cuatro hoy?

casa	habitación	clase
家 jiā	房 間 fángjiān	教 室 jiàoshì

你 八 點 四 十 分 有 空 嗎 ？
Nǐ bā diǎn sìshí fēn yǒukòng ma?
¿Tienes tiempo a las ocho y cuarenta?

tres y cuarto	despúes de 10 minutos	despúes de media hora
三 點 十 五 分 sān diǎn shíwǔ fēn	十 分 鐘 後 shí fēnzhōng hòu	半 小 時 後 bàn xiǎoshí hòu

我 訂 好 五 點 要 開 會 。
Wǒ dìnghǎo wǔ diǎn yào kāihuì.
Tengo marcada una reunión para las cinco.

我 們 一 點 鐘 約 在 咖 啡 店 見 面 。
Wǒmen yì diǎn zhōng yuē zài kāfēidiàn jiànmiàn.
Marcamos un encuentro a la una en la cafetería.

aeropuerto	sala de espera	estación
飛機場 fēijīchǎng	大廳 dàtīng	車站 chēzhàn

改 時間
- Gǎi shíjiān

Cambiar la hora

這 時 間 我 不 太 方 便。

Zhè shíjiān wǒ bú tài fāngbiàn.

No dispongo este horario.

可 以 改 時 間 嗎？

Kěyǐ gǎi shíjiān ma?

¿Puedo cambiar de horario?

今天 星期幾 ?

Jīntiān xīngqí jǐ?

¿Qué día es hoy?

日期
Rìqí
Fechas

請 問 今天 星期幾 ?

Qǐngwèn jīntiān xīngqí jǐ?

¿Qué día es hoy?

ayer	mañana	antes de ayer	pasado mañana
昨 天 zuótiān	明 天 míngtiān	前 天 qiántiān	後 天 hòutiān

今 天　星 期一。
Jīntiān xīngqíyī.
Hoy es lunes.

martes	miércoles	jueves
星 期二 xīngqíèr	星 期三 xīngqísān	星 期四 xīngqísì

viernes	sábado	domingo
星 期五 xīngqíwǔ	星 期六 xīngqíliù	星 期日 xīngqírì

請　問 今 天 幾 月 幾 號？
Qǐngwèn jīntiān jǐ yuè jǐ hào?
¿Qué fecha es hoy?

今 天 是 六 月 1 號。
Jīntiān shì liù yuè yī hào.
Hoy es el primero de junio.

enero	febrero	marzo	abril	mayo	julio
一 月 yí yuè	二 月 èr yuè	三 月 sān yuè	四 月 sì yuè	五 月 wǔ yuè	七 月 qī yuè

agosto	septiembre	octubre	noviembre	diciembre
八 月 bā yuè	九 月 jiǔ yuè	十 月 shí yuè	十 一 月 shíyī yuè	十 二 月 shíèr yuè

生日
● Shēngrì
Cumpleaños

你 的　生 日 是　什 麼 時 候？
Nǐ de shēngrì shì shénme shíhòu?
¿Cuándo es tu cumpleaños?

我 的　生 日 是　上　星 期 五。
Wǒ de shēngrì shì shàng xīngqíwǔ.
Mi cumpleaños fue el <u>viernes pasado</u>.

el próximo martes	el próximo sábado	el domingo pasado
下　星　期 二 xià xīngqíèr	下　星　期 六 xià xīngqíliù	上　　星　期 日 shàng xīngqírì

特殊節日
● Tèshū jiérì
Días especiales

你 今 天 不 用　上 課 嗎？
Nǐ jīntiān búyòng shàngkè ma?
¿No tienes <u>clase</u> hoy?

ir al trabajo	hacer horas extras	reunión
上　班 / 工 作 shàngbān/gōngzuò	加班 jiābān	開 會 kāihuì

今 天 不 用，因 為 今 天（是）星 期 六。
Jīntiān búyòng, yīnwèi jīntiān (shì) xīngqíliù.
Hoy no, pues hoy es sábado.

031

feriados nacionales	reposición de feriado	vacación	año nuevo
國 定 假日 guódìng jiàrì	補假 bǔjià	休假 xiūjià	新 年 xīnnián

Año nuevo lunar
農 曆 春 節 nónglì chūnjié

Festival del medio otoño
中 秋節 zhōngqiūjié

Fiesta del doble diez
雙 十節 shuāngshíjié

Navidad
聖 誕節 shèngdànjié

 我 們 公 司 週 休二日。
Wǒmen gōngsī zhōu xiū èr rì.
En nuestra empresa descansamos los fines de semana.

colegio	fábrica
學 校 xuéxiào	工 廠 gōngchǎng

約會
● Yuēhuì
Marcando cita

明 天我 們 一起 吃午飯，好 嗎？
Míngtiān wǒmen yìqǐ <u>chī wǔfàn</u>, hǎo ma?
Vamos a <u>almorzar</u> juntos mañana.¿Está bien?

desayunar	cenar	servir bufé	tomar café
吃 早 餐 chī zǎocān	吃 晚 餐 chī wǎncān	吃自助 餐 chī zìzhùcān	喝咖啡 hē kāfēi

ir al cine	escalar montaña	ir a pasear	ir a los grandes almacenes
看 電 影 kàn diànyǐng	去 爬山 qù páshān	去 逛 街 qù guàngjiē	去 百貨 公 司 qù bǎihuògōngsī

明 天我 沒 空，星期五 可以 嗎？
Míngtiān wǒ méikòng, xīngqíwǔ kěyǐ ma?
No tengo tiempo mañana.¿Puede ser para el viernes?

下 星 期任何時 間 都 可以。
Xià xīngqí rènhé shíjiān dōu kěyǐ.
La próxima semana puedo en cualquier horario.

沒 問題，你 想 約 在 哪邊 見 面？
Méi wèntí, nǐ xiǎng yuē zài nǎbiān jiànmiàn?
No hay problema. ¿Dónde nos encontramos?

太 好 了！我 們 約 在 咖啡 店 見。
Tài hǎo le! Wǒmen yuē zài <u>kāfēidiàn</u> jiàn.
¡Qué bien! Nos encontramos en la <u>cafetería</u>.

restaurante	estación de metro	sala de clase
餐 廳 cāntīng	捷運 站 jiéyùn zhàn	教 室 jiàoshì

怎麼走？

Zěnme zǒu?

¿Cómo voy a ...?

搭 公 車
- Dā gōngchē
Tomar un autobús

請 問 我 要 在 哪裡搭 <u>公 車</u>？

Qǐngwèn wǒ yào zài nǎlǐ dā <u>gōngchē</u>?

Perdone. ¿Dónde puedo tomar <u>autobús</u>?

taxi	metro	tren
計 程 車 jìchéngchē	捷運 jiéyùn	火 車 huǒchē

請 問 公 車 站 在 哪裡？

Qǐngwèn gōngchēzhàn zài nǎlǐ?

Perdone. ¿Dónde está la parada de autobús?

035

公 車 站 在 那 邊。
Gōngchēzhàn zài nàbiān.
La parada de autobús está alli.

parada de taxi	estación de metro	estación de tren
計 程 車 招 呼 站 jìchéngchē zhāohūzhàn	捷 運 站 jiéyùnzhàn	火 車 站 huǒchēzhàn

 我 要 去 板 橋，請 問 我 該 搭 哪 一 班 公 車？
Wǒ yào qù Bǎnqiáo, qǐngwèn wǒ gāi dā nǎ yì bān gōngchē?
Perdone, voy a Banqiao. ¿Qué autobús debo tomar?

estación Guting	ayuntamimento de Taipei	Kaohsiung	Hualien
古 亭 站 Gǔtíngzhàn	臺 北 市 政 府 Táiběi shìzhèngfǔ	高 雄 Gāoxióng	花 蓮 Huālián

 你 可 以 搭 這 班 公 車。
Nǐ kěyǐ dā zhè bān gōngchē.
Puedes tomar este autobús.

036

在 公 車 上
Zài gōngchē shàng
En el autobús

請 問 這裡 到 臺 中　要 多 久？
Qǐngwèn zhèlǐ dào Táizhōng yào duōjiǔ?
Perdone. ¿Cuánto tiempo tarda de aquí a Taichung?

centro cultural	museo	Hsinchu	Kenting
文 化 中 心 wénhuà zhōngxīn	博 物 館 bówùguǎn	新 竹 Xīnzhú	墾 丁 Kěndīng

請 問 我 應 該 在 哪 一 站 下 車？
Qǐngwèn wǒ yīnggāi zài nǎ yí zhàn xià chē?
Perdone. ¿En qué parada debo bajarme?

到 了 我 會 再提醒 你。

Dàole wǒ huì zài tíxǐng nǐ.

Te avisaré cuando lleguemos.

下 一 站 就 到 了。

Xià yí zhàn jiù dào le.

La próxima parada ya es.

搭捷運
● Dā jiéyùn
Tomar el metro

請 問 這附近有 捷運 站 嗎？

Qǐngwèn zhè fùjìn yǒu jiéyùnzhàn ma?

Perdone. ¿Hay estación de metro cerca de aqui?

捷 運 站 在 對 面。

Jiéyùnzhàn zài duìmiàn.

La estación de metro está al otro lado de la calle.

oficina de correos	comisaría	tienda de conveniencia	banco
郵 局 yóujú	警 察 局 jǐngchájú	便 利 商 店 biànlìshāngdiàn	銀 行 yínháng

zoológico	hospital	restaurante	Parque
動 物 園 dòngwùyuán	醫 院 yīyuàn	餐 廳 cāntīng	公 園 gōngyuán

動 物 園 該 怎麼 走？

Dòngwùyuán gāi zěnme zǒu?

¿Cómo llego al zoológico?

calle este chung hsiao	calle ren ai	calle sur he ping
忠　孝　東　路 Zhōngxiàodōnglù	仁　愛　路 Rénàilù	和　平　西　路 Hépíngxīlù

動　物　園　在臺北市的 南　邊。
Dòngwùyuán zài Táiběi shì de nánbiān.
El zoológico está al sur de la ciudad de Taipei.

este	norte	oeste
東　邊 dōngbiān	北　邊 běibiān	西　邊 xībiān

沿　著　這　條　路 走　到　底，再 左　轉。
Yánzhe zhè tiáo lù zǒu dào dǐ, zài zuǒ zhuǎn.
Siga este camino hasta el final, y gire hacia la izquierda.

girar hacia la derecha	retornar	subir de piso	bajar de piso
右　轉 yòu zhuǎn	迴　轉 huízhuǎn	上　樓 shàng lóu	下　樓 xià lóu

往　前　走　大　約　一　百　公　尺，就　會　看　到
Wǎng qián zǒu dàyuē yìbǎi gōngchǐ, jiù huì kàndào
十字路口。
shízìlùkǒu.
Siga unos cien metros más y verá el cruce.

viaducto	pasaje subterráneo	paso peatonal	semáforo
天　橋 tiānqiáo	地下道 dìxiàdào	斑　馬　線 bānmǎxiàn	紅　綠　燈 hónglǜdēng

過 馬路之後，在第一個 紅綠燈 左 轉。

Guò mǎlù zhīhòu, zài dì-yī ge hónglǜdēng zuǒ zhuǎn.

Después de cruzar la calle, gire hacia la izquierda en el primer semáforo.

segundo	tercero	cuarto	quinto
第二個 dì-èr ge	第三 個 dì-sān ge	第四 個 dì-sì ge	第五 個 dì-wǔ ge

捷運 站 在 飯店 的隔壁。

Jiéyùnzhàn zài fàndiàn de gébì.

La estación de metro está al lado del hotel.

al otro lado de la calle	detrás	frente
對 面 duìmiàn	後 面 hòumiàn	前 面 qiánmiàn

搭 手扶梯到二樓就會看 到 月臺了。

Dā shǒufútī dào èr lóu jiù huì kàn dào yuètái le.

Va sobre la escalera mecánica hasta el segundo piso, y ya verás la plataforma.

tomar el elevador	ir por la escalera
搭 電梯 dā diàntī	走 樓梯 zǒu lóutī

你可以搭車 到 動 物 園 站 下 車。

Nǐ kěyǐ dā chē dào Dòngwùyuánzhàn xià chē.

Puedes tomar el metro y bajarte en la estación del zoológico.

estación central de Taipei	estación de Danshui	estación de Ximen	estación final
臺北車站 Táiběichēzhàn	淡 水 站 Dànshuǐzhàn	西 門 站 Xīménzhàn	終 點 站 zhōngdiǎnzhàn

從 捷 運 三 號 出 口 出 來 就 到 了。

Cóng jiéyùn sān hào chūkǒu chūlái jiù dào le.

Yendo por la salida 3, ya llegas.

搭 計 程 車
● Dā jìchéngchē
Tomar un taxi

您 好，我 要 去 機 場。

Nín hǎo, wǒ yào qù jīchǎng.

¡Hola! Quiero ir al aeropuerto.

前 面 閃 黃 燈 處 請 左 轉。

Qiánmiàn shǎn huángdēng chù qǐng zuǒ zhuǎn.

Por favor, girar hacia la izquierda <u>donde están cintilando luces amarillas</u>.

intersección	esquina	entrada a un callejón
路口 lùkǒu	轉 角 zhuǎnjiǎo	巷 口 xiàngkǒu

請 你 開 慢 一 點，我 不 趕 時 間。

Qǐng nǐ kāi màn yìdiǎn, wǒ bù gǎn shíjiān.

Por favor, maneje más despacio, no estoy con prisa.

這 裡 停 就 行 了，謝 謝！

Zhèlǐ tíng jiù xíng le,   xièxie!

Puede estacionar aquí, gracias.

道 謝
● Dàoxiè
Agradecer

謝 謝 您 的 幫 忙。

Xièxie nín de bāngmáng.

Gracias por su ayuda.

不 客 氣。祝 您 有 美 好 的 一 天。

Búkèqì,   zhù nín yǒu měihǎo de yì tiān.

De nada. ¡Qué tengas usted un buen día!.

餐廳
Cāntīng
Restaurantes

訂 位
Dìngwèi
Reservas

我 要 訂 位。
Wǒ yào dìngwèi.
Quiero hacer una reserva.

你 們 有 幾 位？
Nǐmen yǒu jǐ wèi?
¿Para cuántas personas?

我 們 有 三 個 人。
Wǒmen yǒu sān ge rén.
Somos tres.

什 麼 時 候 ？
Shénme shíhòu?
¿Para qué hora?

今 晚 七 點 。
Jīnwǎn qī diǎn.
Hoy, a las siete.

請 問 是 什 麼 名 字 ？
Qǐngwèn shì shénme míngzi?
¿A nombre de quién?

您 的 電 話 是 ？
Nín de diànhuà shì?
¿Cuál es su número de teléfono?

我 的 電 話 是0911123456。
Wǒ de diànhuà shì 0911123456.
Mi número de teléfono es 0911123456.

我 們 有 訂 位 了。

Wǒmen yǒu dìngwèi le.

Hemos hecho la reserva.

餐廳內
● Cāntīng nèi
En el restaurante

這 邊 請。

Zhèbiān qǐng.

Por aquí, por favor.

這 是 您 的 座 位。

Zhè shì nín de zuòwèi.

Este es su (de usted) asiento.

我 可 以 坐 這 位 置 嗎?

Wǒ kěyǐ zuò zhè wèizhì ma?

¿Puedo sentarme en este lugar?

我 可 以 坐 這 裡 嗎?

Wǒ kěyǐ zuò zhèlǐ ma?

¿Puedo sentarme aquí?

點 餐
● Diǎn cān
Hacer pedido

你 最 喜 歡 吃 什 麼?

Nǐ zuì xǐhuān chī shénme?

¿Qué prefieres comer?

我 想 吃 當 地 的 食 物 。

Wǒ xiǎng chī dāngdì de shíwù.

Me gustaría comer comida local.

我 想 吃 中 式 料理 。

Wǒ xiǎng chī zhōngshì liàolǐ.

Me gustaría comida china.

estilo coreano	estilo japonés	estilo tailandés
韓式 hánshì	日式 rìshì	泰式 tàishì

estilo francés	estilo occidental	estilo italiano
法式 fǎshì	西式 xīshì	義式 yìshì

您 好 ，我 想 點 餐 。

Nín hǎo, wǒ xiǎng diǎncān.

Hola, me gustaría hacer pedido.

這 是 我 們 的 菜 單 。

Zhè shì wǒmen de càidān.

Este es nuestro menú.

有 什 麼 建 議 的 菜 色 嗎 ？

Yǒu shénme jiànyì de càisè ma?

¿Recomiendas algún plato en especial?

還 需 要 其 他 的 嗎 ？

Hái xūyào qítā de ma?

¿Necesitas de algo más?

大 概 要 等 多 久？

Dàgài yào děng duōjiǔ?

¿Cuánto tiempo aproximadamente tendremos que esperar?

用 餐 愉 快。

Yòngcān yúkuài.

Buen provecho.

這 不 是 我 點 的 食 物。

Zhè búshì wǒ diǎn de shíwù.

Esto no es la comida que he pedido.

開胃菜
● Kāiwèicài
Aperitivo

你 要 哪 道 前 菜？

Nǐ yào nǎ dào qiáncài?

¿Qué desearía de entrada?

我 想 要 沙拉。

Wǒ xiǎngyào shālā.

Quiero una ensalada.

calamar frito	aros de cebolla crujientes
酥 炸 花 枝 圈 sūzhá huāzhīquān	洋 蔥 磚 yángcōngzhuān

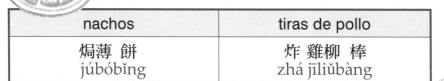

nachos	tiras de pollo
焗薄餅 júbóbǐng	炸雞柳棒 zhá jīliǔbàng

需要其他的嗎？
Xūyào qítā de ma?
¿Necesita algo más?

內用還是外帶？
Nèiyòng hái shi wàidài?
¿Para consumir aquí o para llevar?

主餐
● Zhǔcān
Plato principal

我們有牛肉麵。
Wǒmen yǒu niúròumiàn.
Tenemos sopa de fideo con carne.

costillas de cerdo con arroz	ravioles chinos hervidos	sashimi	sopa de miso
排骨飯 páigǔfàn	水餃 shuǐjiǎo	生魚片 shēngyúpiàn	味噌湯 wèicēngtāng

foie gras	bistec	spaghetti	bibimbap
鵝肝醬 égānjiàng	牛排 niúpái	義大利麵 yìdàlìmiàn	韓式拌飯 hánshì bànfàn

arroz gratinado con marisco	ham-burgesa	club bagel	club sandwich
海鮮焗飯 hǎixiānjúfàn	漢堡 hànbǎo	總匯貝果 zǒnghuì bèiguǒ	總匯三明治 zǒnghuì sānmíngzhì

risoto con crema de calabaza	sandwich submarino
奶油南瓜燉飯 nǎiyóu nánguā dùnfàn	美式潛艇堡 měishì qiántǐngbǎo

有供應素食嗎？
Yǒu gōngyìng sùshí ma?
¿Sirven platos vegetarianos?

我喜歡這道菜。
Wǒ xǐhuān zhè dào cài.
Me gusta este plato.

想到就餓了。
Xiǎngdào jiù è le.
Al pensar ya me da hambre.

飲料
Yǐnliào
Bebidas

需要喝的嗎？
Xūyào hē de ma?
¿Le gustaría algo para beber?

您的飲料要大杯的還是小杯的？
Nín de yǐnliào yào dà bēi de háishì xiǎo bēi de?
¿Su bebida la quiere grande o pequeña?

您 要 冰 的、溫 的 還是 熱 的？
Nín yào bīng de, wēn de, háishì rè de?
¿Le gustaría fría, tibia o caliente?

我 想要 喝 水。
Wǒ xiǎngyào hē shuǐ.
Quiero tomar agua.

coca cola	jugo	té con leche	té negro
可樂 kělè	果汁 guǒzhī	奶茶 nǎichá	紅茶 hóngchá

café	cappuccino	latte	bebida
咖啡 kāfēi	卡布奇諾 kǎbùqínuò	拿鐵 nátiě	飲料 yǐnliào

cerveza	vino	champán	whisky
啤酒 píjiǔ	葡萄酒 pútáojiǔ	香檳 xiāngbīn	威士忌 wēishìjì

需要 再一杯 水 嗎？
Xūyào zài yì bēi shuǐ ma?
¿Quiere más un vaso con agua?

甜點
● Tiándiǎn
Postres

甜 點 有 哪幾 種？
Tiándiǎn yǒu nǎ jǐ zhǒng?
¿Qué tienen de postre?

我們 有 巧克力蛋糕。
Wǒmen yǒu qiǎokèlì dàngāo.
Tenemos torta de chocolate.

tarta de frutas	tarta de cereza	budín acaramelado	tiramisu
水 果 塔 shuǐguǒtǎ	櫻 桃 派 yīngtáopài	焦 糖 布 丁 jiāotángbùdīng	提拉米蘇 tílāmǐsū

nieve raspada de fresa	protiferol	mango lassi	helado de vainilla
草 莓 cǎoméi 冰 沙 bīngshā	奶 油 nǎiyóu 泡 芙 pàofú	芒 果 mángguǒ 奶 酪 nǎiluò	香 草 xiāngcǎo 冰 淇 淋 bīngqílín

味 道
● Wèidào
Sabores

這 道 菜 太辣了。
Zhè dào cài tài là le.
Este plato es demasiado picante.

dulce	ácido	amargo
甜 tián	酸 suān	苦 kǔ

caliente	frío	salado
燙 tàng	冷 lěng	鹹 xián

這 很 好 吃。

Zhè hěn hǎo chī.

Esto es muy rico.

這 食物 很 美 味。

Zhè shíwù hěn měiwèi.

Esta comida es deliciosa.

用 餐
● Yòng cān
Durante la comida

可以把 鹽 傳 給我 嗎？

Kěyǐ bǎ yán chuán gěi wǒ ma?

¿Puede pasarme la sal?

pimienta	pan	agua	palillos chinos
胡椒 hújiāo	麵 包 miànbāo	水 shuǐ	筷 子 kuàizi

tenedor	cuchara	cuchillo	pajita
叉子 chāzi	湯 匙 tāngchí	刀 子 dāozi	吸 管 xīguǎn

我 吃 飽 了。

Wǒ chībǎo le.

Ya estoy sastifecho.

你 還 餓 嗎？

Nǐ hái è ma?

¿Aún tienes hambre?

結 帳
● Jié zhàng
Pago

 請 問 要 如 何 付 款？
Qǐngwèn yào rúhé fùkuǎn?
Perdone. ¿Cómo quiere realizar el pago?

 現 金 還 是 刷 卡？
Xiànjīn háishì shuā kǎ?
¿En efectivo o tarjeta de crédito?

 我 們 想 分 開 付 帳。
Wǒmen xiǎng fēnkāi fùzhàng.
Queremos pagar por separado.

 這 是 找 您 的 零 錢。
Zhè shì zhǎo nín de língqián.
Aquí tiene su vuelto.

Unidad 8

我 生 病 了
Wǒ shēngbìng le
Estoy enfermo

不 舒服
● Bù shūfú
Sentirse mal

你 哪裡 不 舒服？
Nǐ nǎlǐ bù shūfú?
¿Dónde sientes dolor?

我 頭 痛。
Wǒ <u>tóu</u> tòng.
Siento dolor de <u>cabeza</u>.

ojo	oreja	diente	nariz
眼 睛 yǎnjīng	耳 朵 ěrduo	牙 齒 yáchǐ	鼻 子 bízi

cuello	hombro	brazo	mano
脖子 bózi	肩膀 jiānbǎng	手臂 shǒubì	手 shǒu

dedo	pecho	estómago	cintura
手指 shǒuzhǐ	胸口 xiōngkǒu	肚子 dùzi	腰部 yāobù

nalga / trasero	pierna	rodilla	pie
臀部 túnbù	腿 tuǐ	膝蓋 xīgài	腳 jiǎo

我 的 腳 踝 扭 傷 了。
Wǒ de jiǎohuái niǔshāng le.
Me he torcido el tobillo.

rasparse	torcer	hincharse	tener moretones
擦傷 cāshāng	扭傷 niǔshāng	腫起來 zhǒngqǐlái	瘀青 yūqīng

我 生 病 了。
Wǒ shēngbìng le.
Estoy enfermo.

醫院
• Yīyuàn
Hospital

你 需要 去醫院 嗎？
Nǐ xūyào qù yīyuàn ma?
¿Necesitas irte al hospital?

clínica	centro de salud
診 所 zhěnsuǒ	健 康 中 心 jiànkāng zhōngxīn

掛號
- Guàhào
Consulta médica

 我 想 要 <u>掛 號</u>。
Wǒ xiǎngyào guàhào.
Quiero realizar una <u>consulta</u>.

vacunarse	examen médico	visitar un enfermo	retirar medicamento
打 預 防 針 dǎ yùfángzhēn	健 康 檢 查 jiànkāng jiǎnchá	探 望 病 人 tànwàng bìngrén	領 藥 lǐngyào

 請 問 你 要 看 什 麼 科?
Qǐngwèn nǐ yào kàn shénme kē?
Perdona. ¿Qué especialidad deseas consultar?

 你 有 什 麼 病 史 嗎?
Nǐ yǒu shénme bìngshǐ ma?
¿Tienes algún historial médico?

 我 要 看 <u>家 庭 醫 學 科</u>。
Wǒ yào kàn jiātíngyīxuékē.
Quiero consultar con <u>el médico familiar</u>.

ortopedía	clínica general	dermatología	dentista
骨科 gǔkē	一 般 外 科 yìbānwàikē	皮膚科 pífūkē	牙科 yákē

057

pediatría	obstetricia y ginecología	rehabilitación	oftamología
小兒科 xiǎoérkē	婦產科 fùchǎnkē	復健科 fùjiànkē	眼科 yǎnkē

症 狀
- Zhèngzhuàng
Síntomas

我 有 發燒。/ 我 發燒 了。
Wǒ yǒu fāshāo. / Wǒ fāshāo le.
Tengo fiebre.

tener rinorrea	obstrucción nasal
流鼻水 liúbíshuǐ	鼻塞 bísāi

tos	dolor de garganta
咳嗽 késòu	喉嚨痛 hóulóngtòng

estornudar	alergia
打噴嚏 dǎpēntì	過敏 guòmǐn

caries	diarrea
蛀牙 zhùyá	拉肚子 lādùzi

要 多久才會 好？
Yào duōjiǔ cái huì hǎo?
¿En cuantó tiempo me recuperaré?

這 些 藥 有 副作 用 嗎？
Zhèxiē yào yǒu fùzuòyòng ma?
¿Estos medicamentos tienen efectos secundarios?

請 吃 清 淡 的 食 物。
Qǐng chī qīngdàn de shíwù.
Por favor, coma alimentos livianos.

不要 吃 刺激性的 食 物。
Búyào chī cìjīxìng de shíwù.
No comas alimentos irritantes.

frío	caliente	ácido	salado
冰 的 bīng de	燙 的 tàng de	酸 的 suān de	鹹 的 xián de

別 忘 了按時 吃 藥。
Bié wàngle ànshí chīyào.
No te olvides de tomar el medicamento puntualmente.

這個 藥 要 睡 前 吃。
Zhège yào yào shuìqián chī.
Este medicamento se toma antes de dormir.

en ayunas / estómago vacío	después de la comida	con agua
空 腹 kōngfù	飯 後 fàn hòu	配 水 pèishuǐ

這 個 藥 一 天 吃 一次。

Zhège yào yì tiān chī yí cì.

Este medicamento se toma una vez al día.

cada 3 horas	después de 3 horas
每 三 小 時 měi sān xiǎoshí	三 小 時 後 sān xiǎoshí hòu

多 喝 水，多 休息。

Duō hēshuǐ, duō xiūxí.

Tomar más agua y descansar más.

早日 康 復！

Zǎorì kāngfù!

¡Que te recuperes pronto!

Unidad 9

書面 信件
● Shūmiàn xìnjiàn
Cartas

我 想 買 郵 票。
Wǒ xiǎng mǎi yóupiào.
Quiero comprar estampillas.

sobre	papel de carta	tarjeta postal
信 封 xìnfēng	信 紙 xìnzhǐ	明 信 片 míngxìnpiàn

您 要 寄去哪裡？
Nín yào jì qù nǎlǐ?
¿Para dónde quiere usted enviar?

我 想 寄 包 裹 到 臺北。
Wǒ xiǎng jì bāoguǒ dào Táiběi.
Quiero enviar una encomienda a Taipei.

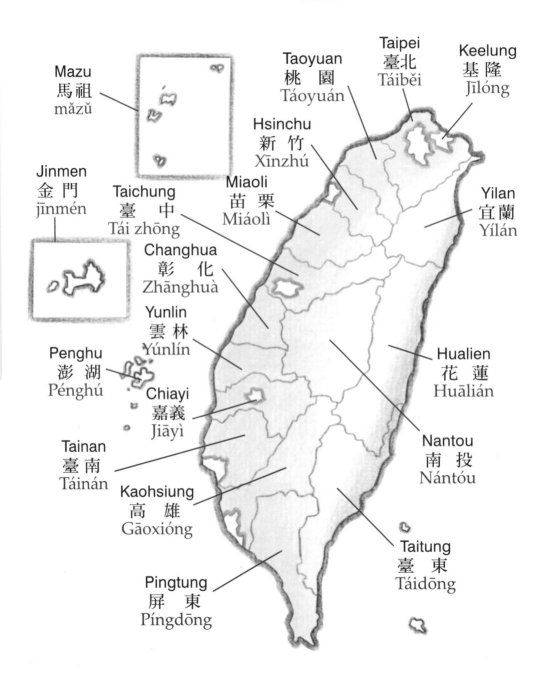

Mazu
馬祖
mǎzǔ

Taoyuan
桃 園
Táoyuán

Taipei
臺北
Táiběi

Keelung
基 隆
Jīlóng

Hsinchu
新 竹
Xīnzhú

Yilan
宜蘭
Yílán

Jinmen
金 門
jīnmén

Taichung
臺 中
Tái zhōng

Miaoli
苗 栗
Miáolì

Changhua
彰 化
Zhānghuà

Yunlin
雲 林
Yúnlín

Hualien
花 蓮
Huālián

Penghu
澎 湖
Pénghú

Chiayi
嘉義
Jiāyì

Tainan
臺南
Táinán

Nantou
南 投
Nántóu

Kaohsiung
高 雄
Gāoxióng

Taitung
臺 東
Táidōng

Pingtung
屏 東
Píngdōng

您 要 寄 <u>平 信</u> 嗎？

Nín yào jì píng xìn ma?

¿Quiere usted enviar carta <u>ordinaria</u>?

correo urgente	carta certificada	correo express	correo aéreo
限 時 專 送 xiànshí zhuānsòng	掛 號 信 guàhàoxìn	快 遞 kuàidì	航 空 郵 件 hángkōng yóujiàn

請 問 郵 資 多 少？

Qǐngwèn yóuzī duōshǎo?

Perdone. ¿Cuánto es el costo del envío?

您 的 包 裹 一 <u>公 斤</u> 重。

Nín de bāoguǒ yì gōngjīn zhòng.

Su encomienda pesa 1 <u>kilo</u>.

gramos	onza	libra
克 kè	盎 司 àngsī	磅 bàng

我 想 要 領 包 裹。

Wǒ xiǎngyào lǐng bāoguǒ.

Quiero retirar una encomienda.

您 帶 了 <u>收 件 單</u> 嗎？

Nín dàile shōujiàndān ma?

¿Tiene usted su <u>nota de recibo</u>?

documento	sello	cédula de identidad	pasaporte
證 件 zhèngjiàn	印 章 yìnzhāng	身 分 證 shēnfènzhèng	護 照 hùzhào

電子郵件
● Diànzǐ yóujiàn
Correo electrónico

請 輸 入 帳 號。
Qǐng shūrù zhànghào.
Por favor, digite su número de cuenta.

contraseña	receptor	asunto	contenido
密 碼 mìmǎ	收 件 者 shōujiànzhě	主 旨 zhǔzhǐ	內 容 nèiróng

可 以 給 我 您 的 電 子 信 箱　嗎？
Kěyǐ gěi wǒ nín de diànzǐ xìnxiāng ma?
¿Puede facilitarme su correo electrónico?

我 每 天 都 收 電 子 郵 件。
Wǒ měitiān dōu shōu diànzǐ yóujiàn.
Reviso mi correo electrónico todos los días.

電 話
● Diànhuà
Teléfono

您 家 裡 電 話 幾 號？
Nín jiālǐ diànhuà jǐ hào?
¿Cuál es el número de teléfono de su casa?

您 的 手 機 是 多 少？
Nín de shǒujī shì duōshǎo?
¿Cuál es el número de su móvil?

喂！請 問 您 找 誰？
Wéi! Qǐngwèn nín zhǎo shéi?
¿Hola?¿Con quién desea hablar?

喂！請 問 瑪莉在 家 嗎？
Wéi! Qǐngwèn mǎlì zài jiā ma?
¿Hola?¿Está María en casa?

您 好！我 想 找 瑪莉。
Nín hǎo, wǒ xiǎng zhǎo mǎlì.
¿Hola?Me gustaría hablar con Maria.

喂！請 問 哪裡找？
Wéi! Qǐngwèn nǎlǐ zhǎo?
¿Hola?¿Con quién tengo el gusto?

她 不 在 家。
Tā bú zài jiā.
Ella no está en casa.

她 什 麼 時 候 會 回 來？
Tā shénme shíhòu huì huílái?
¿Cuándo vuelve ella?

她大約 晚 上 8 點 回 來。
Tā dàyuē wǎnshàng bā diǎn huílái.
Vuelve alrededor de las ocho de la noche.

這裡是 2345-7890，對 吧？
Zhèlǐ shì 2345-7890, duì ba?
¿Es el 2345-7890?

請 等一下，我 幫 您 轉 接。
Qǐng děng yí xià,　wǒ bāng nín zhuǎnjiē.
Un momento, le transfiero la llamada.

您 方 便 說 話 嗎？
Nín fāngbiàn shuōhuà ma?
¿Puede usted hablar?

您 可以 晚 一 點 再 打來 嗎？
Nín kěyǐ wǎn yìdiǎn zài dǎlái ma?
¿Puede llamar un poco más tarde?

你 需要 她 回 電 嗎？
Nǐ xūyào tā huí diàn ma?
¿Es necesario que ella retorne la llamada?

你 想 要 留言 嗎？
Nǐ xiǎngyào liúyán ma?
¿Quieres dejar algún mensaje?

我 可以 留言 嗎？
Wǒ kěyǐ liúyán ma?
¿Puedo dejar mensaje?

抱 歉，我 這麼 晚 才 回覆 你。
Bàoqiàn,　wǒ zhème wǎn cái huífù nǐ.
Lo siento por retornar tarde la llamada.

我 剛 才 寄了 一 封 簡 訊 給 你。
Wǒ gāngcái jì le yì fēng jiǎnxùn gěi nǐ.
Te he enviado un mensaje de texto.
你 收 到了 嗎？
Nǐ shōudào le ma?
¿Has recibido?

祝福語
Zhùfúyǔ
Expresiones de deseo y felicitaciones

一般用祝福語
- Yìbānyòng zhùfúyǔ
Expresiones comunes de felicitaciones

我 祝福你 萬 事如意。
Wǒ zhùfú nǐ wànshìrúyì.
¡Que todo le salga bien!

希 望 你美 夢 成 真。
Xīwàng nǐ měimèng-chéngzhēn.
¡Que tus deseos se cumplan!.

吉星 高 照。
Jíxīng-gāozhào.
Suerte y prosperidad.

祝 你 好 運。

Zhù nǐ hǎoyùn.

¡Te deseo mucha suerte!.

事事 順 心。

Shìshì-shùnxīn.

Que todo salga como se pretenda.

笑 口 常 開。

Xiàokǒu-chángkāi.

Felicidad en todo momento.

愛情
Àiqíng
Amor

祝 你們 白頭偕老。

Zhù nǐmen báitóu-xiélǎo.

Deseo que puedan envejecer juntos.

祝 你們 永 浴愛河。

Zhù nǐmen yǒngyù-àihé.

Deseo que estén siempre enamorados.

情 人 節 快樂。

Qíngrénjié kuàilè.

Feliz día de los enamorados. (San Valentín)

有 情 人 終 成 眷 屬。

Yǒuqíngrén zhōngchéng juànshǔ.

Los que se aman, se encuentran al final del camino.

你們 真 是 天 作 之合！

Nǐmen zhēn shì tiānzuòzhīhé!

Ustedes están hechos el uno para el otro!

生日
● Shēngrì
Cumpleaños

祝 你 生日快樂！

Zhù nǐ shēngrì kuàilè!

¡Feliz cumpleaños!

願 你 健康 長 壽。

Yuàn nǐ jiànkāng chángshòu.

Que tengas mucha salud y muchos años de vida.

祝 你 永 遠 快樂。

Zhù nǐ yǒngyuǎn kuàilè.

¡Que seas siempre feliz!.

祝 你 多福多 壽。

Zhù nǐ duōfú-duōshòu.

Te deseo una vida larga y próspera.

祝 您福如 東 海，

Zhù ní fú rú Dōnghǎi,

壽 比 南 山！

shòu bǐ Nánshān!

Te deseo una vida larga y mucha fortuna.

學業和事業
- Xuéyè hé shìyè
Estudios y carrera profesional

祝 你 學業 進步。

Zhù nǐ xuéyè jìnbù.

Te deseo progreso en tus estudios.

祝 你 金 榜 題 名。

Zhù nǐ jīnbǎng-tímíng.

Que sobresalgas en los exámenes gubernamentales.

祝 你 步步 高 升。

Zhù nǐ bùbù-gāoshēng.

Deseo que tengas contínuos ascensos.

祝 你 馬 到 成 功。

Zhù nǐ mǎ dào chéng gōng.

Te deseo una victoria inmediata.

祝 你 脫 穎 而 出。

Zhù nǐ tuōyǐng'érchū.

Deseo que sobresalgas.

祝 你 生 意 興 隆。

Zhù nǐ shēngyì-xīnglóng.

Te deseo éxitos en los negocios.

祝 你 鴻 圖大 展。

Zhù nǐ hóngtú-dàzhǎn.

Te deseo un futuro con mucho éxito.

祝 你 鵬 程 萬 里。

Zhù nǐ péngchéng-wànlǐ.

Te deseo un futuro brillante.

新 年
Xīnnián
Año nuevo

新 年　快 樂。

Xīnnián kuàilè.

¡Feliz año nuevo!.

恭 賀 新禧！

Gōnghè-xīnxǐ!

Buenos deseos para el año venidero.

恭 喜發財！

Gōngxǐ-fācái!

Te deseo fortuna!

祝 你 大吉大利。

Zhù nǐ dàjí-dàlì.

Te deseo gran fortuna y buena suerte.

祝 你 年　年　有 餘。

Zhù nǐ niánnián-yǒuyú.

Te deseo prosperidad en todos los años.

祝 你 歲歲 平 安。

Zhù nǐ suìsuì-píngān.

Te deseo paz.

願 你 有 個吉 祥　快 樂的 一 年！

Yuàn nǐ yǒu ge jíxiáng kuàilè de yì nián!

¡Que tengas un año próspero y feliz!

祝 你 <u>中 秋 節</u> 快 樂！
Zhù nǐ zhōngqiūjié kuàilè
¡Feliz fiesta de Medio Otoño!

Fiesta de Duan Wu (Bote de dragon)
端 午節 Duānwǔjié

Día de los muertos
清 明 節 Qīngmíngjié

Festival de los fantasmas	Festival de los faroles
中 元 節 Zhōngyuánjié	元 宵 節 Yuánxiāojié

Día del niño	Día de la mujer
兒童 節 Értóngjié	婦女節 Fùnǚjié

Día del maestro	Día de la madre	Día del padre	Navidad
教 師節 Jiàoshījié	母 親節 Mǔqīnjié	父 親節 Fùqīnjié	耶 誕節 Yēdànjié

生詞總表
Vocabulario

A

ānjìng de　安靜的　quieto

àngsī　盎司　onza

B

bàba　爸爸　padre

bā diǎn sìshí fēn　八點四十分　8：40

Bāxīrén　巴西人　brasileño

bā　八　ocho

bā yuè　八月　agosto

bā zhé　八折　20% de descuento

bāibāi　掰掰　adiós

bàngōngshì　辦公室　oficina

bànjià　半價　50% de descuento

bānmǎxiàn　斑馬線　paso peatonal

Bǎnqiáo　板橋　Banqiao

bàn xiǎoshí hòu　半小時後　después de media hora

bàng　棒　maravilloso

bàng　磅　libra

bāozi　包子　bollos al vapor con relleno

běibiān　北邊　norte

bísāi　鼻塞　obstrucción nasal

bízi　鼻子　nariz

biànlì shāngdiàn　便利商店　tienda de conveniencia

biǎoyǎn　表演　espectáculo

bīng de　冰的　frío

bówùguǎn　博物館　museo

bózi　脖子　cuello

bǔjià　補假　reposición de feriado

bú tài hǎo　不太好　no estar muy bien

C

cāshāng　擦傷　rasparse

cāntīng　餐廳　restaurante

cǎoméi bīngshā　草莓冰沙　nieve raspada de fresa

chāzi　叉子　tenedor

chēzhàn　車站　estación

chènshān　襯衫　camisa

Chén　陳　Chen

chīfàn　吃飯　comer

chī zǎocān　吃早餐　desayunar

chī wǔfàn　吃午飯　almorzar

chī wǎncān　吃晚餐　cenar

chī zìzhùcān　吃自助餐　servir bufé

cìjīxìng de　刺激性的　irritante

D

dā diàntī　搭電梯　tomar el elevador

dǎ pēntì　打噴嚏　estornudar

dā shǒufútī　搭手扶梯　tomar la escalera mecánica

dàtīng　大廳　sala de espera

dàxuéshēng　大學生　alumno universitario

dà yìdiǎn　大一點　un poco más grande

dǎ yùfángzhēn　打預防針　vacunarse

dǎzhé　打折　ofrecer un descuento

dàizi　袋子　bolsa

dānshēn　單身　soltero

Dànshuǐzhàn　淡水站　estación de Danshui

dǎoyóu　導遊　guía turística

dāozi　刀子　cuchillo

Déguórén　德國人　alemán

dìdi　弟弟　hermano menor

dìxiàdào　地下道　pasaje subterráneo

diànyǐng　電影　película

diànyuán　店員　dependiente

diàoyú　釣魚　pescar

dì-yī ge　第一個　primero

dì-èr ge　第二個　segundo

dì-sān ge　第三個　tercero

dì-sì ge　第四個　cuarto

dì-wǔ ge　第五個　quinto

dōngbiān　東邊　este

Dōngjīng　東京　Tokyo

dòngwùyuán　動物園　zoológico

Dòngwùyuánzhàn　動物園站　estación del zoológico de Taipei

dùzi　肚子　estómago

Duānwǔjié　端午節　fiesta de duan wu (bote de dragón)

duìbùqǐ　對不起　lo siento

duìmiàn　對面　al otro lado de la calle

E

égānjiàng　鵝肝醬　foie gras

ěrduo　耳朵　oreja

èrshí　二十　veinte

Ertóngjié　兒童節　Día del niño

èr　二　dos

èr yuè　二月　febrero

F

fǎguān　法官　juez

Fǎguórén　法國人　francés

fāpiào　發票　factura

fāshāo　發燒　fiebre

Fǎshì　法式　estilo francés

fàn hòu　飯後　después de la comida

fángjiān　房間　habitación

fēijīchǎng　飛機場　aeropuerto

Fēilǜbīnrén　菲律賓人　filipino

fùchǎnkē　婦產科　obstetricia y ginecología

fùjiànkē　復健科　rehabilitación

Fùnǚjié　婦女節　Día de la mujer

Fùqīnjié　父親節　Día del padre

G

gāoxìng　高興　feliz

Gāoxióng　高雄　Kaohsiung

gāozhōngshēng　高中生　estudiante del bachillerato

gébì　隔壁　al lado

gēge　哥哥　hermano mayor

gōngchǎng　工廠　fábrica

gōngchē sījī　公車司機　chofer de autobús

gōngchē　公車　autobús

gōngchēzhàn　公車站　parada de autobús

gōngchéngshī　工程師　ingeniero

gōngjīn　公斤　kilogramos

gōngsī　公司　empresa

gōngyuán　公園　parque

gōngzuò　工作　trabajo

gūgu / āyí　姑姑 / 阿姨　tía

gǔkē　骨科　ortopedia

Gǔtíngzhàn　古亭站　estación Guting

guàhào　掛號　consulta

guàhàoxìn　掛號信　carta certificada

guǎngbōyuán　廣播員　locutor

guì　貴　caro

guódìng jiàrì　國定假日　feriados nacionales

guójì màoyì　國際貿易　comercio internacional

guòmǐn　過敏　alergias

guǒzhī　果汁　jugo

guózhōngshēng　國中生　estudiante del tercer ciclo

H

hǎixiānjúfàn　海鮮焗飯　arroz gratinado con mariscos

hànbǎo　漢堡　hamburguesa

Hánguórén　韓國人　coreano

hánshì bànfàn　韓式拌飯　bibimbap

hánshì　韓式　estilo coreano

hángkōng yóujiàn　航空郵件　correo

aéreo

hǎo xiāngchǔ de　好相處的　de trato fácil

hǎo　好　bueno

hē kāfēi　喝咖啡　beber café

Hépíngxīlù　和平西路　Calle Sur He Ping

hěn hǎo　很好　estar bien

hóngchá　紅茶　té negro

hónglǜdēng　紅綠燈　semáforo

hóulóngtòng　喉嚨痛　dolor de garganta

hòumiàn　後面　atrás

hòutiān　後天　pasado mañana

hújiāo　胡椒　pimienta

hùshì　護士　enfermero

hùzhào　護照　pasaporte

huàjiā　畫家　pintor

Huālián　花蓮　Hualien

huásuàn　划算　barato

huàxué　化學　química

huíjiā　回家　volver a casa

huìyì　會議　película

huízhuǎn　迴轉　retornar

huǒchē　火車　tren

huǒchēzhàn　火車站　estación de tren

huópō de　活潑的　animado

 J

jìchéngchē　計程車　taxi

jìchéngchē zhāohūzhàn　計程車招呼站　parada de taxi

jījí de　積極的　positivo

jīxiè gōngchéng　機械工程　ingeniería mecánica

jìzhě　記者　periodista

jiābān　加班　hacer horas extras

jiákè　夾克　chaqueta

Jiānádàrén　加拿大人　canadiense

jiārén　家人　familia

jiātíngyīxuékē　家庭醫學科　médico familiar

jiātíng zhǔfù　家庭主婦　ama de casa

jiā　家　casa

jiàqí　假期　vacación

jiānbǎng　肩膀　hombro

jiànkāng jiǎnchá　健康檢查　examen médico

jiànkāng zhōngxīn　健康中心　centro de salud

jiànxíng　健行　hacer caminata

Jiàoshījié　教師節　Día del maestro

jiàoshì　教室　clase

jiāo táng bù dīng　焦糖布丁　budín acaramelado

jiǎo　腳　pie

jiéhūn le　結婚了　casado

jiějie　姊姊　hermana mayor

jiémù　節目　programa

jiéyùn　捷運　metro

jiéyùnzhàn　捷運站　estación de metro

jīntiān　今天　hoy

jǐngchájú　警察局　comisaría

jǐngwèi　警衛　guardia

jiǔ　九　nueve

jiǔ yuè　九月　septiembre

jiǔ zhé　九折　10% de descuento

júbóbǐng　焗薄餅　nachos

jǔsàng　沮喪　deprimido

K

kǎbùqínuò　卡布奇諾　cappuccino

kāfēi　咖啡　café

kāfēidiàn　咖啡店　cafetería

kāihuì　開會　reunión

kāixīn　開心　contento

kàn diànyǐng　看電影　ir al cine

kělè　可樂　coca cola

késòu　咳嗽　tos

kè　克　gramos

Kěndīng　墾丁　Kenting

kōngfù　空腹　en ayunas

kǒuyìyuán　口譯員　intérprete

kùzi　褲子　pantalones

kǔ　苦　amargo

kuàidì　快遞　correo express

kuàilè　快樂　feliz

kuàizi　筷子　palillos chinos

L

lādùzi　拉肚子　diarrea

là　辣　picante

lǎoshī　老師　profesor

lěng　冷　frío

lǐfàshī　理髮師　peluquero

líhūn le　離婚了　divorciado

Lǐ　李　Li

liǎngbǎi　兩百　doscientos

liǎng diǎn　兩點　2:00

liǎng ge　兩個　dos

liǎngqiān　兩千　dos mil

liǎngwàn　兩萬　veinte mil

Lín　林　Lin

língchén liǎng diǎn　凌晨兩點　2:00 de la madrugada

lǐngyào　領藥　retirar medicamento

liúbíshuǐ　流鼻水　tener rinorrea

liù　六　seis

liù yuè　六月　junio

lǜchá　綠茶　té verde

lùkǒu　路口　intersección

lǜshī　律師　abogado

Lúndūn　倫敦　Londres

M

māma　媽媽　madre

mángguǒ nǎiluò　芒果奶酪　mango lassi

Měiguórén　美國人　estadounidense

mèimei　妹妹　hermana menor

měi sān xiǎoshí　每三小時　cada tres horas

měishì qiántǐngbǎo　美式潛艇堡　sand-wich submarino

mìmǎ　密碼　contraseña

mìshū　秘書　secretaria

miànbāo　麵包　pan

míngtiān　明天　mañana

míngxìnpiàn　明信片　tarjeta postal

mótèér　模特兒　modelo

Mòxīgērén　墨西哥人　mexicano

Mǔqīnjié　母親節　Día de la madre

N

nàge　那個　ese

nátiě　拿鐵　latte

nà wèi xiānshēng　那位先生　ese señor

nà wèi xiānshēng de　那位先生的　de ese señor

nǎichá　奶茶　té con leche

nǎinai / wàipó　奶奶/外婆　abuela

nǎiyóu nánguā dùnfàn　奶油南瓜燉飯　risotto con crema de calabaza

nǎiyóu pàofú　奶油泡芙　profiterol de crema

Nánbiān　南邊　sur

nánguò　難過　triste

nányǎnyuán　男演員　actor

nèiróng　內容　contenido

nǐ de　你的　tuyo

nǐmen de　你們的　vuestro

nǐmen　你們　vosotros

nǐ　你　tú

nín de　您的　su (ud.)

nín　您　usted

niúpái　牛排　bistec

niúròumiàn　牛肉麵　sopa de fideo con carne

niǔshāng　扭傷　torcer

Niǔyuē　紐約　Nueva York

Nónglì Chūnjié　農曆春節　Año nuevo chino

nǚyǎnyuán　女演員　actriz

P

páshān　爬山　escalar montaña

páigǔfàn　排骨飯　costillas de cerdo con arroz

pàochá　泡茶　preparar el té

pèishuǐ　配水　con agua

Pífūkē　皮膚科　dermatología

píjiǔ　啤酒　cerveza

piányí　便宜　barato

píngguǒ　蘋果　manzana

píng xìn　平信　carta ordinaria

pútáojiǔ　葡萄酒　vino

Q

qǐchuáng　起床　levantarse de la cama

qìshuǐ　汽水　gaseosa

qī　七　siete

qī yuè　七月　julio

qīzǐ　妻子　esposa

qiánmiàn　前面　frente

qiántiān　前天　antes de ayer

qiǎokèlì dàngāo　巧克力蛋糕　torta de chocolate

Qīngmíngjié　清明節　Día de los muertos

qǐng　請　por favor

qǐngwèn　請問　perdone¿?

qù bǎihuògōngsī　去百貨公司　ir a los grandes almacenes

qù guàngjiē　去逛街　ir a pasear

qù páshān　去爬山　ir a escalar montaña

qúnzi　裙子　falda

R

règǒu　熱狗　pancho

Rénàilù　仁愛路　calle Ren Ai

Rìběnrén　日本人　japonés

rìshì　日式　estilo japonés

S

sānbǎi　三百　trescientos

sān diǎn shíwǔ fēn　三點十五分　3:15

sān diǎn wǔ fēn　三點五分　3:05 las tres y cinco

sān ge　三個　tres

sānmíngzhì　三明治　sandwich

sānqiān　三千　tres mil

sānshísì　三十四　treinta y cuatro

sānshí　三十　treinta

sān xiǎoshí hòu　三小時後　después de tres horas

sān yuè　三月　marzo

sān　三　tres

shālā　沙拉　ensalada

shǎn huángdēng chù　閃黃燈處　sitio donde cintila la luz amarilla

shàngbānzú　上班族　empleado de oficina

shàngbān　上班　ir al trabajo

shàngbān/gōngzuò　上班 / 工作　ir al trabajo

shàngkè　上課　ir a la clase

shàng lóu　上樓　subir de piso

shàngwǔ jiǔ diǎn　上午九點　9:00 a.m.

shāngxīn　傷心　triste

shàng xīngqírì　上星期日　el domingo pasado

shàng xīngqíwǔ　上星期五　el viernes pasado

shāngyè　商業　comercio

shèjìshī　設計師　diseñador

shēnfènzhèng　身分證　cédula de identidad

Shèngdànjié　聖誕節　Navidad

shēngqì　生氣　enojado/enfadado

shēngyúpiàn　生魚片　sashimi

shíbā　十八　18

shí diǎn　十點　10:00 / las diez

shíèr diǎn sānshí fēn/shíèr diǎn bàn　十二點三十分/十二點半　12:30

shíèr 十二 doce

shíèr yuè 十二月 diciembre

shí fēnzhōng hòu 十分鐘後 después de 10 minutos

shísān 十三 trece

shísì 十四 catorce

shíyī 十一 once

shíyī yuè 十一月 noviembre

shí 十 diez

shí yuè 十月 octubre

shízìlùkǒu 十字路口 cruce

shǒubì 手臂 brazo

shōujiàndān 收件單 nota de recibo

shōujiànzhě 收件者 receptor

shōujù 收據 recibo

shōuyínyuán 收銀員 cajero

shǒu 手 mano

shǒuzhǐ 手指 dedo

shūfú 舒服 confortable

shúshu / bóbo 叔叔 / 伯伯 tío

shuāngshíjié 雙十節 Fiesta del Doble Diez

shuǐguǒtǎ 水果塔 tarta de frutas

shuǐjiǎo 水餃 ravioles chinos hervidos

shuìjiào 睡覺 dormir

shuìqián 睡前 antes de dormir

shuǐ 水 agua

sì 四 cuatro

sì ge 四個 4

sì yuè 四月 abril

sùjiāodài 塑膠袋 bolsa de plástico

sūzhá huāzhīquān 酥炸花枝圈 calamar frito

suān de 酸的 ácido

suān 酸 agrio

tā de 他的 su (de él)

tā de 她的 su (de ella)

tāmen de 他們的 su (de ellos)

tāmen 他們 ellos

tā 他 él

tā 她 ella

Táiběichēzhàn 台北車站 estación central de Taipei

Táiběi shìzhèngfǔ 台北市政府 ayuntamiento de Taipei

Táiběi 台北 Taipei

Tàiguórén 泰國人 tailandés

tàishì 泰式 estilo tailandés

Táiwānrén 台灣人 taiwanés

Tái zhōng 台中 Taichung

tànwàng bìngrén 探望病人 visitar a un enfermo

tāngchí 湯匙 cuchara

tàng 燙 caliente

tàng de 燙的 caliente

tèbié yōuhuì 特別優惠 ofertas especiales

tèdà hào 特大號 extra grande

tèjià 特價 promoción (precio especial)

tílāmǐsū 提拉米蘇 tiramisu

tīxù T恤 remera

tiānqiáo 天橋 viaducto

tián 甜 dulce

tóu 頭 cabeza

tuīxiāoyuán 推銷員 vendedor

tuǐ 腿 pierna

túnbù 臀部 nalga/trasero

Ⓦ

wàigōng 外公 abuelo

wàixiàng de 外向的 extrovertido

wǎnshàng qī diǎn 晚上七點 a las 7:00 de la noche

wànshì-rúyì 萬事如意 ¡Que todo le salga bien!

wǎn'ān 晚安 Buenas noches

Wáng　王　Wang

wèihūn　未婚　soltero

wēishìjì　威士忌　whisky

wèicēngtāng　味噌湯　sopa de miso

wén huà zhōng xīn　文化中心　centro cultural

wǒ de　我的　mi

wǒmen de　我們的　nuestro

wǒmen　我們　nosotros

wǒ　我　yo

wǔān　午安　Buenas tardes

wǔ ge　五個　cinco

wǔshí　五十　cincuenta

wǔ yuè　五月　mayo

wǔ zhé　五折　50 por ciento de descuento

wǔ　五　cinco

 X

Xībānyárén　西班牙人　español

xībiān　西邊　oeste

xīgài　膝蓋　rodilla

xīguǎn　吸管　pajita

Xīménzhàn　西門站　estación de Ximen

xīshì　西式　estilo occidental

xiàbān　下班　salir del trabajo

xiàkè　下課　salir de la clase

xià lóu　下樓　bajar de piso

xiàwǔ jiàn　下午見　nos vemos por la tarde

xiàwǔ sān diǎn　下午三點　las tres de la tarde

xià xīngqíèr　下星期二　próximo martes

xià xīngqíliù　下星期六　próximo sábado

xián de　鹹的　salado

xiānshēng　先生　marido

xiànshí zhuānsòng　限時專送　correo urgente

xián　鹹　salado

xiāngbīn　香檳　champán

xiāngcǎo bīngqílín　香草冰淇淋　helado de vanilla

xiàngkǒu　巷口　entrada a un callejón

Xiǎoérkē　小兒科　pediatría

xiāofángyuán　消防員　bombero

xiǎoxuéshēng　小學生　estudiante primario

xiǎo yìdiǎn　小一點　más pequeño

xièxie　謝謝　gracias

xiézi　鞋子　zapatos

xìnfēng　信封　sobre

Xīnjiāpōrén　新加坡人　singapurense

Xīnnián　新年　año nuevo

xīnwén zhǔbò　新聞主播　presentador de noticias

xìnyòngkǎ　信用卡　tarjeta de crédito

xìnzhǐ　信紙　papel de carta

Xīnzhú　新竹　Hsinchu

xīngfèn　興奮　excitado/emocionado

xīngqíyī　星期一　lunes

xīngqíèr　星期二　martes

xīngqísān　星期三　miércoles

xīngqísì　星期四　jueves

xīngqíwǔ　星期五　viernes

xīngqíliù　星期六　sábado

xīngqírì　星期日　domingo

xīngqíyī jiàn　星期一見　hasta el lunes

xiōngkǒu　胸口　pecho

xiūjià　休假　vacaciones

xuéshēng　學生　estudiante

xuéxiào　學校　colegio

Y

yáchǐ　牙齒　diente

Yákē　牙科　odontología

yáyī　牙醫　dentista

yǎnjīng　眼睛　ojo

yánjiùshēng　研究生　estudiante de posgrado

Yǎnkē　眼科　oftalmología

yán　鹽　sal

yángcōngzhuān　洋蔥磚　aros de cebollas crujientes

yángzhuāng　洋裝　vestido

Yáng　楊　Yang

yāobù　腰部　cintura

Yēdànjié　耶誕節　Navidad

yéye　爺爺　abuelo

yìbǎi　一百　cien

yìbānwàikē　一般外科　clínica general

Yìdàlìmiàn　義大利麵　spaghetti

Yìdàlìrén　義大利人　italiano

yì diǎn　一點　1:00

yǐhòu zài liáo　以後再聊　hablamos luego

yìqiān　一千　mil

Yìshì　義式　estilo italiano

yì tiānyícì　一天一次　una vez al día

yíwàn　一萬　diez mil

yīyào　醫藥　medicina

yīyuàn　醫院　hospital

yī　一　uno

yī yuè　一月　enero

Yìndùrén　印度人　Hindú

yínháng　銀行　banco

yǐnliào　飲料　bebida

yīnyuèjiā　音樂家　músico

yìnzhāng　印章　sello

Yīngguórén　英國人　inglés

yīngtáopài　櫻桃派　torta de cereza

yóujú　郵局　oficina de correos

yǒukòng　有空　tener tiempo libre

yóupiào　郵票　estampilla

yòu zhuǎn　右轉　girar hacia la derecha

yúkuài　愉快　alegre

yūqīng　瘀青　tener moretones

yuánjǐng　員警　policía

Yuánxiāojié　元宵節　Día de los Faroles

Z

Zàijiàn　再見　Adiós

zǎo a　早啊　buenos días

Zǎoān　早安　buenos días

zǎoshàng bā diǎn　早上八點　a las 8:00 de la mañana

zhá jīliǔbàng　炸雞柳棒　tiras de pollo

zhàngdān　帳單　cuenta

zhànghào　帳號　número de cuenta

zhège　這個　este

zhékòu　折扣　descuento

zhè wèi xuéshēng de　這位學生的　de este estudiante

zhè wèi xuéshēng　這位學生　este estudiante

zhěnsuǒ　診所　clínica

zhēntàn　偵探　detective

zhèngjiàn　證件　documento

zhíyèjūnrén　職業軍人　soldado profesional

zhìzuòrén　製作人　productor

zhōngdiǎnzhàn　終點站　estación final

Zhōngguórén　中國人　chino

zhōng hào　中號　mediano

zhǒngqǐlái　腫起來　hincharse

Zhōngqiūjié　中秋節　Fiesta de medio otoño

Zhōngshì　中式　estilo chino

Zhōngxiàodōnglù　忠孝東路　calle este Chung Hsiao

Zhōngyuánjié　中元節　Festival de los fantasmas

zhùlǐ　助理　asistente

zhùyá　蛀牙　caries

zhǔzhǐ　主旨　asunto

zhuǎnjiǎo　轉角　esquina

zǒnghuì bèiguǒ　總匯貝果　club bagel

zǒnghuì sānmíngzhì　總匯三明治　club sandwich

zǒu lóutī　走樓梯　subir/bajar por la
　escalera
zuótiān　昨天　ayer
zuǒ zhuǎn　左轉　girar hacia la izquierda

附錄一
Sustantivos de uso frecuente

常 用 名 詞
11
Chángyòng míngcí

Comida
食物
Shíwù

pan 麵 包 miànbāo	torta 蛋糕 dàngāo	caramelo 糖 果 tángguǒ	chocolate 巧 克力 qiǎokèlì
galletita 餅 乾 bǐnggān	ravioles chino 水 餃 shuǐjiǎo	huevo 蛋 dàn	hamburguesa 漢 堡 hànbǎo
pancho 熱狗 règǒu	fideo 麵 miàn	fideo italiano 義大利麵 yìdàlìmiàn	tarta 派 pài
pizza 披薩 pīsà	carne de cerdo 豬肉 zhūròu	arroz 飯 fàn	ensalada 沙拉 shālā
sandwich 三 明 治 sānmíngzhì	sandwich submarino 潛 艇 堡 qiántǐngbǎo	sushi 壽司 shòusī	queso de soja 豆腐 dòufǔ

Fruta
水果
Shuǐguǒ

manzana 蘋 果 píngguǒ	banana 香 蕉 xiāngjiāo	arándano 藍 莓 lánméi	cereza 櫻桃 yīngtáo
pomelo 葡萄 柚 pútáoyòu	uva 葡萄 pútáo	guayaba 番石榴 fānshíliú	limón 檸 檬 níngméng

mango	melón	naranja	mamón
芒果	香瓜	柳橙	木瓜
mángguǒ	xiāngguā	liǔchéng	mùguā
durazno	pera	ananá	ciruela
桃子	西洋梨	鳳梨	梅子
táozi	xīyánglí	fènglí	méizi
mandarina	carambolo	fresa	sandía
橘子	楊桃	草莓	西瓜
júzi	yángtáo	cǎoméi	xīguā

Escuela

學校
Xuéxiào

acondicionador de aire	pizarra	borrador de pizarra	balde
冷氣機	黑板	板擦	水桶
lěngqìjī	hēibǎn	bǎncā	shuǐtǒng
franelógrafo	tiza	sala de clase	computador
公布欄	粉筆	教室	電腦
gōngbùlán	fěnbǐ	jiàoshì	diànnǎo
escritorio	salida de emergencia	ventilador	extintor
書桌	逃生門	電扇	滅火器
shūzhuō	táoshēngmén	diànshàn	mièhuǒqì
polideportivo	biblioteca	fluorescente	teléfono público
體育館	圖書館	日光燈	公用電話
tǐyùguǎn	túshūguǎn	rìguāngdēng	gōngyòngdiànhuà
estacionamiento	sanitario	sala de guardia	zapatero
停車場	廁所	警衛室	鞋櫃
tíngchēchǎng	cèsuǒ	jǐngwèishì	xiéguì
campo de deportes	interruptor	basurero	pizarra blanca
操場	開關	垃圾桶	白板
cāochǎng	kāiguān	lèsètǒng	báibǎn

交通工具

Jiāotōng gōngjù

avión	bicicleta	bicicleta	bote
飛機	自行車	腳踏車	小船
fēijī	zìxíngchē	jiǎotàchē	xiǎochuán

autobús	auto	barca	jet
公共汽車	汽車	渡輪	噴射機
gōnggòngqìchē	qìchē	dùlún	pēnshèjī

motocicleta	metro	buque de pasajero	Barco
摩托車	捷運	客輪	船
mótuōchē	jiéyùn	kèlún	chuán

taxi	tren	camión	furgoneta
計程車	火車	卡車	貨車
jìchéngchē	huǒchē	kǎchē	huòchē

附錄一　常用名詞

文具

Wénjù

estilete	hoja de afeitar	marcapáginas	corrector
美工刀	刀片	書籤	修正液
měigōngdāo	dāopiàn	shūqiān	xiūzhèngyì

corrector en cinta	sobre	borrador	carpeta
立可帶	信封	橡皮擦	檔案夾
lìkědài	xìnfēng	xiàngpícā	dǎngànjiá

plasticola	plasticola en barra	tinta	imán
膠水	口紅膠	墨水	磁鐵
jiāoshuǐ	kǒuhóngjiāo	mòshuǐ	cítiě

marcador	memo	cuaderno	bloque de nota
奇異筆	備忘錄	筆記本	便箋
qíyìbǐ	bèiwànglù	bǐjìběn	biànjiān

papel de carta	clip	cortapapeles	lapicera
信紙	迴紋針	裁紙刀	鋼筆
xìnzhǐ	huíwénzhēn	cáizhǐdāo	gāngbǐ

lápiz	cartuchera(de tela)	cartuchera	sacapuntas
鉛筆	筆袋	鉛筆盒	削鉛筆機
qiānbǐ	bǐdài	qiānbǐhé	xiāoqiānbǐjī

chincheta	goma	regla	tijera
大頭針	橡皮筋	尺	剪刀
dàtóuzhēn	xiàngpíjīn	chǐ	jiǎndāo

grapa	grapadora	adhesivo	cinta adhesida
訂書針	訂書機	貼紙	膠帶
dìngshūzhēn	dìngshūjī	tiēzhǐ	jiāodài

Casa

家
Jiā

sótano	baño	dormitorio	percha
地下室	浴室	臥室	衣架
dìxiàshì	yùshì	wòshì	yījià

comedor	cable de extensión	garaje	cocina
餐廳	延長線	車庫	廚房
cāntīng	yánchángxiàn	chēkù	chúfáng

lavandería	sala de estar	almohada	edredón
洗衣間	客廳	枕頭	棉被
xǐyījiān	kètīng	zhěntou	miánbèi

ducha	zapatilla	cuarto de trabajo	depósito
淋浴間	拖鞋	書房	儲藏室
línyùjiān	tuōxié	shūfáng	chúcángshì

Muebles

家具
Jiājù

cama	estante para libros	alfrombra	silla
床	書架	地毯	椅子
chuáng	shūjià	dìtǎn	yǐzi

ropero	deshumificador	nevera	lámpara
衣櫥	除濕機	冰箱	燈
yīchú	chúshījī	bīngxiāng	dēng

boveda	zapatero	fregadero	sofá
酒櫃	鞋櫃	水槽	沙發
jiǔguì	xiéguì	shuǐcáo	shāfā

taburete	mesa	velador	televisor
凳子	桌子	檯燈	電視
dèngzi	zhuōzi	táidēng	diànshì

Lugares
場所
Chǎngsuǒ

aeropuerto	banco	estación de autobús	clínica
機場	銀行	公車站牌	診所
jīchǎng	yínháng	gōngchēzhànpái	zhěnsuǒ

cafetería	tienda de conveniencia	grandes almacenes	elevador
咖啡廳	便利商店	百貨公司	電梯
kāfēitīng	biànlì shāngdiàn	bǎihuògōngsī	diàntī

comidas rápidas	puerto	sala de espera	farmacia
速食店	港口	大廳	藥局
sùshídiàn	gǎngkǒu	dàtīng	yàojú

comisaría	oficina de correos	estación de tren	retrete
警察局	郵局	火車站	盥洗室
jǐngchájú	yóujú	huǒchēzhàn	guànxǐshì

centro comercial	vereda	rascacielos	supermercado
大賣場	人行道	摩天大樓	超級市場
dàmàichǎng	rénxíngdào	mótiāndàlóu	chāojíshìchǎng

Animales
動物
Dòngwù

murciélago 蝙蝠 biānfú	oso 熊 xióng	abeja 蜜蜂 mìfēng	pájaro 鳥 niǎo
buey 公牛 gōngniú	gato 貓 māo	pollo 小雞 xiǎojī	vaca 母牛 mǔniú
venado 鹿 lù	perro 狗 gǒu	pato 鴨 yā	águila 老鷹 lǎoyīng
elefante 大象 dàxiàng	pez 魚 yú	zorro 狐狸 húlí	jirafa 長頸鹿 chángjǐnglù
ganzo 鵝 é	caballo 馬 mǎ	coala 無尾熊 wúwěixióng	leopardo 豹 bào
león 獅子 shīzi	mono 猴 hóu	ratón 鼠 shǔ	avestruz 鴕鳥 tuóniǎo
panda 熊貓 xióngmāo	pingüino 企鵝 qìé	cerdo 豬 zhū	oso polar 北極熊 běijíxióng
mapache 浣熊 wǎnxióng	conejo 兔子 tùzi	gallo 公雞 gōngjī	oveja 羊 yáng
serpiente 蛇 shé	tigre 老虎 lǎohǔ	lobo 狼 láng	cebra 斑馬 bānmǎ

Personas
人稱
Rénchēng

adulto 成 人 chéngrén	tía 姑姑/阿姨 gūgu/āyí	bebé 嬰 兒 yīngér	niño 男 孩 nánhái
criatura 小 孩 xiǎohái	primos 表/堂兄弟姊妹 biǎo/ táng xiōngdì jiěmèi	hermana mayor 姊姊 jiějie	papá 爸爸 bàba
niña 女孩 nǔhái	abuelo 爺爺 / 外公 yéye / wàigōng	abuela 奶奶 / 外婆 nǎinai / wàipó	hombre 男人 nánrén
mamá 媽媽 māma	hermano mayor 哥哥 gēge	anciano 老 人 lǎorén	adolescente 青 少 年 qīngshàonián
tío 叔 叔 /伯伯 shúshu / bóbo	mujer 女人 nǔrén	hermano menor 弟弟 dìdi	hermana menor 妹 妹 mèimei

附錄一　常用名詞

附錄二

Adjetivos de uso frecuente
常用形容詞

Chángyòng xíngróngcí

Formas

形狀

Xíngzhuàng

grande	ancho	redondo	poco
大	寬	圓	少
dà	kuān	yuán	shǎo
plano	largo	mucho	corto
平	長	多	短
píng	cháng	duō	duǎn
pequeño	cuadrado	grueso	fino
小	方	厚	薄
xiǎo	fāng	hòu	bó

Colores

顏色

Yánsè

negro	beige	azul	marrón
黑色	米色	藍色	褐色
hēisè	mǐsè	lánsè	hésè
verde azulado	color oscuro	gris	dorado
青色	深色	灰色	金色
qīngsè	shēnsè	huīsè	jīnsè
verde	color claro	anaranjado	rosado
綠色	淺色	橘色	粉紅色
lǜsè	qiǎnsè	júsè	fěnhóngsè
morado	rojo	plateado	blanco
紫色	紅色	銀色	白色
zǐsè	hóngsè	yínsè	báisè

amarillo

黃色

huángsè

Apariencia

外觀

Wàiguān

bello	limpio	encantador	sucio
美麗	乾淨	可愛	髒
měilì	gānjìng	kěài	zāng

gordo	guapo	viejo	bonito
胖	英俊	年老	漂亮
pàng	yīngjùn	niánlǎo	piàoliàng

bajo	tímido	fuerte	activo
矮	害羞	強壯	陽光
ǎi	hàixiū	qiángzhuàng	yángguāng

dulce	alto	flaco	feo
甜美	高	瘦	醜
tiánměi	gāo	shòu	chǒu

débil	joven
虛弱	年輕
xūruò	niánqīng

Estado de ánimo
情緒

Qíngxù

enfadado	aburrido	relajado	alegre
生氣	無聊	優閒	愉快
shēngqì	wúliáo	yōuxián	yúkuài

deprimido	desanimado	decepcionado	perder la esperanza
消沉	沮喪	失望	灰心
xiāochén	jǔsàng	shīwàng	huīxīn

avergonzado	excitado	furioso	contento
尷尬	興奮	狂怒	高興
gāngà	xīngfèn	kuángnù	gāoxìng

afligido	feliz	interesado	feliz
悲痛	快樂	感興趣	喜悅
bēitòng	kuàilè	gǎn xìngqù	xǐyuè

solitario	melancólico	relajado	deprimido
寂寞	憂鬱	輕鬆	悲哀
jímò	yōuyù	qīngsōng	bēiāi

tener miedo	sorprendido	cansado	preocupado
害怕	驚訝	累	擔心
hàipà	jīngyà	lèi	dānxīn

Sentimientos

感覺
Gǎnjué

mucho frío	frío	confortable	seco
寒冷	冷	舒服	乾燥
hánlěng	lěng	shūfú	gānzào

calor	ruidoso	silencioso	incómodo
熱	吵鬧	安靜	不舒服
rè	chǎonào	ānjìng	bù shūfú

templado	húmedo
溫暖	濕
wēnnuǎn	shī

Condiciones

狀態
Zhuàngtài

cerrado	complejo	vacío	rápido
關	複雜	空	快速
guān	fùzá	kōng	kuàisù

lleno	duro	abierto	simple
滿	硬	開	簡單
mǎn	yìng	kāi	jiǎndān

lento	blando
緩慢	軟
huǎnmàn	ruǎn

Direcciones

方位
Fāngwèi

en otro lado	atrás	este	frente
對面	後方	東邊	前方
duìmiàn	hòufāng	dōngbiān	qiánfāng

izquierdo	cerca	al lado	norte
左	附近	隔壁	北邊
zuǒ	fùjìn	gébì	běibiān

noreste	noroeste	arriba	derecha
東北邊	西北邊	上方	右
dōngběibiān	xīběibiān	shàngfāng	yòu

sur	sureste	suroeste	abajo
南邊	東南邊	西南邊	下方
nánbiān	dōngnánbiān	xī'nánbiān	xiàfāng

oeste
西邊
xībiān

Verbos de uso frecuente

 常用動詞

13

Chángyòng dòngcí

Verbor de estado

 狀態動詞

Zhuàngtài dòngcí

enojarse	agradecer	despertarse	llorar
生氣	感激	覺醒	哭
shēngqì	gǎnjī	juéxǐng	kū
desear	disgutar	sentir	olvidarse
渴望	不喜歡	感覺	忘記
kěwàng	bù xǐhuān	gǎnjué	wàngjì
estar alegre	odiar	esperar	estar feliz
開心	恨	希望	快樂
kāixīn	hèn	xīwàng	kuàilè
saber	reirse	gustar	detestar
知道	笑	喜歡	討厭
zhīdào	xiào	xǐhuān	tǎoyàn
amar	extrañar/añorar	arrepentirse	emocionarse
愛	想念	遺憾	感動
ài	xiǎngniàn	yíhàn	gǎndòng
entristecer	sorprenderse	compadecerse	deprimirse
悲傷	驚奇	同情	沮喪
bēishāng	jīngqí	tóngqíng	jǔsàng

Verbos activos

 動作動詞

Dòngzuò dòngcí

preguntar	bañarse	comprar	llamar
問	洗澡	買	叫
wèn	xǐzǎo	mǎi	jiào

cerrar la puerta	asear	toser	descubrir
關 門	清 理	咳嗽	發現
guānmén	qīnglǐ	késòu	fāxiàn
lavar la ropa	beber agua	conducir	comer
洗衣服	喝 水	開 車	吃
xǐ yīfú	hēshuǐ	kāichē	chī
concluir	comer	escuchar música	vivir
完 成	吃飯	聽 音 樂	住
wánchéng	chīfàn	tīng yīnyuè	zhù
mirar	abrir la puerta	actuar	coger
看	開 門	表 演	撿
kàn	kāimén	biǎoyǎn	jiǎn
jugar	estirar	empujar	poner
玩	拉	推	放
wán	lā	tuī	fàng
estudiar	recibir	correr	decir
讀 書	收 到	跑	說
dúshū	shōudào	pǎo	shuō
ver/encontrarse	vender	cantar	dormir
看 見	販 賣	唱 歌	睡 覺
kànjiàn	fànmài	chànggē	shuìjiào
estornudar	apagar la luz	prender la luz	ver la tele
打 噴嚏	關 燈	開 燈	看 電 視
dǎ pēntì	guāndēng	kāidēng	kàn diànshì
lavar	lavarse la cara/ la mano	escribir	
洗	洗臉 / 洗手	寫字	
xǐ	xǐliǎn / xǐshǒu	xiězì	

Acciones de los animales
動物的動作
Dòngwù de dòngzuò

ladrar	morder	cacarear	volar
吠	咬	雞鳴	飛
fèi	yǎo	jīmíng	fēi

saltar	poner huevo	rugir	menear
跳	下蛋	吼	搖尾巴
tiào	xiàdàn	hǒu	yáo wěibā

Acciones de la naturaleza
大自然的現象
Dàzìrán de xiànxiàng

ventear	nublar	lloviznar	empañar
刮風	多雲密布	下毛毛雨	起霧
guāfēng	duōyún mìbù	xià máomáoyǔ	qǐ wù

granizar	caer tormenta fuerte	relampaguear	llover
下冰雹	刮颶風	閃電	下雨
xià bīngbáo	guā jùfēng	shǎndiàn	xiàyǔ

caer chaparrón	nevar	tronar	haber tifón
下陣雨	下雪	打雷	刮颱風
xià zhènyǔ	xiàxuě	dǎléi	guā táifēng

Verbos para expresar la voluntad
表意願的動詞
Biǎo yì yuàn de dòngcí

poder	poder	atreverse	valer la pena
能	能夠	敢	值得
néng	nénggòu	gǎn	zhídé

querer	no querer	tener que	necesitar
要	不要	必須	需要
yào	búyào	bìxū	xūyào

debería	deber	desear	estar dispuesto
應當	應該	想要	願
yīngdāng	yīnggāi	xiǎngyào	yuàn

Note

國家圖書館出版品預行編目資料

300句說華語／楊琇惠著；吳琇靈譯. －－初
版.－－臺北市：五南，2017.09
　　面；　公分
西班牙語版
ISBN 978-957-11-9265-9（平裝）
1.漢語　2.讀本
802.86　　　　　　　　　　106011094

1XBQ 華語系列

300句說華語（西班牙語版）

編 著 者 — 楊琇惠

譯　　者 — 吳琇靈

發 行 人 — 楊榮川

總 經 理 — 楊士清

副總編輯 — 黃惠娟

責任編輯 — 蔡佳伶、紀錦嬑

封面設計 — 姚孝慈

出 版 者 — 五南圖書出版股份有限公司

地　　址：106台北市大安區和平東路二段339號4樓

電　　話：(02)2705-5066　　傳　　真：(02)2706-6100

網　　址：http://www.wunan.com.tw

電子郵件：wunan@wunan.com.tw

劃撥帳號：19628053

戶　　名：五南圖書出版股份有限公司

法律顧問　林勝安律師事務所　林勝安律師

出版日期　2017年9月初版一刷

定　　價　新臺幣220元